ハーバードで恋をしよう

テイク・マイラブ

小塚佳哉

講談社X文庫

目次

イラストレーション／沖　麻実也

ハーバードで恋をしよう　テイク・マイラブ

Prologue

「んー……んっ、うひょ!」

奇声を発しながら、佐藤仁志起は目を覚ました。

まぶしい朝の日射しの下、あわてて身をくねらせるように寝返りを打つと、自分の隣で寝ている恋人が、楽しそうに微笑みながら顔を覗き込んでくる。

「ニシキ、おはよう。やっと目が覚めた?」

「お、おはよ、ジェイク……つーか、耳はやめてよ、耳は」

「ここ? それとも、こっち? 耳の付け根よりも耳朶のほうが感じやすいのかな?」

「う、うひょ、うひょひょ!」

笑いを含んだ囁きとともに耳元にキスを繰り返され、仁志起はジタバタしながら両腕を伸ばし、恋人にしがみついた。互いに素っ裸だし、めちゃくちゃ甘いムードになりそうな状況だったが、仁志起は珍妙な声を発するばかりで色気も素っ気もない。

しかし、有り難いことに、酔狂な恋人はそんなことなど気にしなかった。気にするのは仁志起だけだ。耳朶を甘噛みされるたびに恥ずかしい声が漏れ、あわてて手の甲で口元を押さえるが、手首をつかんで外されてしまう。

「……や、やだっ、オ、オレの声、恥ずかしいから！」

「そうかな、そそられるけど？」

　耳朶に注ぎ込むように甘く囁かれ、仁志起が沸騰しそうになっているとわかった上で、金髪碧眼の恋人は吐息を感じるような距離で微笑みかけてくる。

「もちろん、声だけじゃないよ。ニシキのすべてにそそられているし、それは昨日の夜、証明したと思うけど……もしかしたら足りなかったかな？」

「た、たたっ、足りてる！　足りてるけど！　恥ずかしいものは恥ずかしいんだよ！」

　仁志起は真っ赤になりながら訴えた。

　けれど、楽しげに首を傾げる恋人は微笑むばかりだ。

　寝乱れた金髪を掻き上げる長い指先が、このベッドの上で自分に何をしたか、ちゃんと覚えているし、ものすごく気持ちがよかったことも忘れるはずがない。

　両脚の間には淫らな違和感が残っているし、すっきりさっぱり出し切ったというより、気怠い満足感というか——とどのつまり、それは昨日の夜、二人で楽しく過ごしたという証拠だ。そう、言葉にするなら、まさに楽しかったとしか言いようがない。

　そう思った途端、仁志起はいっそう赤くなってしまう。

（……つーか、留学前のオレに、ついに生まれて初めて恋人ができるぞ、その上、それは金髪碧眼の英国紳士だって教えてやっても、絶対に信じないだろうな）

そう独りごち、仁志起は赤くなった顔で苦笑する。

二十代半ばでも恋人いない歴が年齢と同じだった仁志起は、キスや、それ以上のことも何もかも全部、この生まれて初めての恋人から教えてもらった。

挨拶代わりにキスをするなんて、映画やＴＶドラマの中だけだと思っていたが、本当にやると知った時は驚いたし、それが自分にやられた時はもっと驚いたし、今でもまったく慣れないし、もしかすると一生慣れないかもしれない。

ただ、それでも恋人は、そんな自分たちの違いを楽しんでいるようだ。

今も隣に寄り添ったまま、枕元に置いた眼鏡に手を伸ばした彼は嬉しそうな笑顔だ。

「……ジェイク、何を笑ってんの？」

「ん？　笑ってるよ。つーか、めっちゃ嬉しそう」

「笑ってるかな？」

ぼそりと仁志起が言い返すと、シルバーフレームの眼鏡をかけた恋人は、さっきよりもさらに嬉しそうに微笑んだ。

「嬉しそうだというなら……そうだな、ひとつ心当たりがある。ニシキがキスをしても、緊張しなくなったことが嬉しい」

「……緊張？」

「ああ。最初の頃は抱き寄せたり、キスをすると固まって赤くなっていたけれど……今は真っ赤になっても固まったりしないし、可愛い声も聞かせてくれるし」

　こんなふうにそばにいても、ごく自然だし、緊張はしてないよね、と微笑みかけられ、仁志起も考える。確かに、以前は何をされても生まれて初めての経験だから緊張したし、カチンコチンに固まっていたかもしれない。けれど、今ではキスも――それ以上のことも数えられないほど繰り返し、恋人と一緒に過ごすことが日常になっている。

　だが、まだ火照っている頬を両手で叩きつつ、仁志起は訝しげに首を傾げた。

「……それが嬉しいの？　オレが緊張しなくなったことが？　だけど、オレ……今だってキスしてる人や抱き合ってる人を見ると赤くなっちゃうし、だから緊張しないってのも、ジェイク限定かも」

「それはもっと嬉しいな」

「えっ、どうして？　なんで？」

　仁志起が目を丸くしても、恋人はいっそう嬉しそうに微笑むだけだ。

　伸びてきた手のひらに首筋をつかまれ、仁志起が恋人の顔を覗き込むと、そっと優しく口唇が重なってくる。触れるばかりのキスを繰り返しつつ、今度は顔よりも身体のほうが熱くなりそうだと思っていると、恋人が耳元で囁いた。

「ところで、ニシキ……目覚ましのアラームをセットしたって覚えてる？　二度寝防止のスヌーズを何度も止めて、最後は寝ぼけたままで電源まで止めていたんだが」

「……へっ？　えええええっ？」

　仁志起は叫びながら、顔を勢いよく上げた。

　その途端、恋人の顎に思いっきり、頭突きをかましてしまった。

「いっ、いってててて……ってか、ジェイク、ごめん！　だいじょうぶ？」

「……ああ、一応」

　仰け反って顎を押さえながら、恋人は息も絶え絶えになって笑っていた。痛がりながら爆笑するなんて、かなり器用だ。身長差があるせいで、ときどきニアミスはしていたが、ここまで命中してしまったのは初めてかもしれない。

　だが、笑っているなら平気だろうと思い、仁志起はズキズキする頭をさすりながらも、枕元のスマートフォンをつかんだ。そういや、今朝は早起きして、最近始めたサッカーの練習をしようと思っていたのだ。急いで確かめたスマートフォンの電源は本当に切られ、起きようとした時間もとっくに過ぎている。

　けれど背後では、まだ恋人が肩を震わせながら笑っていた。

　どうやら、彼は見るに見かねて起こしてくれたらしい。しかし、仁志起が振り向くと、痛む顎を片手で撫でながらウインクを投げてくる。

「ニシキは耳が弱い。一発で起きる」

「……言わせてもらうなら、ジェイクには隙が多いよ」

そう言い返し、仁志起は恋人に飛びかかった。これでも武道家だ。長身に乗り上がって押さえ込む。二十センチの身長差があろうと、横になったら関係ない。互いに笑いつつ、じゃれ合いながら、仁志起は恋人の形のいい顎先に手を添える。

「でも、マジでごめんね。まだ痛い？」

「ニシキこそ、平気？　直撃だっただろう？」

「オレは石頭だから」

そう答えると恋人は再び、楽しそうに笑い出す。

「さっきは僕が油断した。ニシキは動きがすばやくて予想できないから、いつも緊張感を持っていないと」

「……オレが緊張しなくなると、ジェイクが緊張するの？」

そう問い返すと二人で一緒に噴き出し、とろけるように甘いキスをした。

こんなふうに迎える週末の朝も、最近は当たり前の日常になってきた。寝坊も楽しいと思えるあたり、金髪碧眼で英国紳士の恋人は本当に最強だろう。

1

「ニシキ！　突っ込め！」

「おー、走れ〜！　そこだー、行け行け！」

そんな声があちこちから聞こえる中、フィールドでは体格のいい欧米人の間を、まさにくぐり抜けるようにして小柄な日本人がボールを奪い、ゴールに蹴り込んだ。

しかし、惜しくもゴールポストに当たって、ボールは跳ね返ってくる。

「あー、ちくしょー！」

佐藤仁志起が悔しそうに叫ぶと、追いかけてきたジェイクは励ますように肩を叩くが、ゴールキーパーのフランツと、ゴール前を守るセンターバックのシェイク・アーリィは、助かった、今のは危なかったな、とニヤリと笑い合う。

「くっそー、絶対に入ったと思ったのに！」

いっそう悔しがって頭を抱え込む仁志起は、上半身が裸だ。

同じチームのジェイクも同様だが、けっしておかしなショーや罰ゲームではない。

フィールドを走るメンバーの半分は同じ格好だ。親しい仲間だけで集まった同好会的なチームなので、おそろいのユニフォームがなく、二組に分かれた練習試合もわかりやすく一方が上半身だけ服を脱いでいるのだ。

ただ、そんな格好で走り回っている草サッカーなのに、球技場の周囲で足を止める人は多かった。どうやら、フィールドにいる仁志起は人目を引くらしい。

周囲の仲間たちと比べると二回りは体格が違い、やたらと小さく見えるのに足が速くて疲れ知らずに駆け回って、ディフェンスを食らっても、身を屈(かが)めたり、跳び上がったり、器用に避けてしまう。どこの子供が紛れ込んだと疑われるような小柄で童顔であっても、これでも仁志起は二十五歳だし、黒帯の武道家でもあり、このＨＢＳ――世界屈指の名門ハーバード・ビジネススクールのＭＢＡプログラムの二年生だ。

もっとも過酷といわれる一年目を生き抜き、無事に進級できた程度には優秀な学生だと言わせてもらいたいし、おかげで勉強ばかりでは不健康だといって、同期の仲間と一緒にサッカーを楽しむ余裕も出てきた二年目でもある。

それにしても、今日の授業はすべて終わったせいか、見物する学生は増える一方だ。

これはチームの中に有名人がいるせいだろう。金髪の三角形――デルタ・ブロンディを略して［デルタＢ］と呼ばれる三人だ。英国貴族のジェイク、ドイツの御曹司フランツ、中東の皇太子シェイク・アーリィは、そろいもそろって金髪のハンサムなのだ。

おかげで、キャンパスでも有名になった彼らは仁志起の親しい友人だ。

ジェイクとフランツはキャンパス近くの一軒家で共同生活を送るシェアメイトであり、その片方――ジェイクは恋人だったりもする。

仁志起は汗を拭いながら、そのジェイクを盗み見し、こっそりとほくそ笑む。金髪碧眼の美形だし、誰もが想像するような英国紳士といった雰囲気を持つジェイクは英国屈指の名門公爵家の後継者で、ハーディントン伯爵とも呼ばれている。それだけに、モテるに違いないが、当の本人は至ってクールな眼鏡男子だ。

フィールドでサッカーを楽しむ仲間には、やたらとガタイがよくて巨大なロシア系や、頭ひとつは飛び抜けている長身のアフリカ系もいるせいか、すらりとしているジェイクは細く見える。けれど、その背中が引きしまった筋肉で覆われていることを、よく抱きつく仁志起は手のひらで知っている。

幼い頃から武道で鍛えた仁志起とは、まるで違う筋肉のつき方だったので、どうやって鍛えたのかと訊くと、特に鍛えていないという答えが返ってきたのは意外だった。

子供の頃からサッカーやテニス、ボートや乗馬をやっていただけだと教えられた時に、サッカーやテニスと並んでボートや乗馬が出てくるのが英国紳士だ、と呟いたら、それはニシキが武道を選んだのと同じ理由だな、と突っ込まれて、言われてみればそうかも、と納得してしまった。つまり、身近なスポーツで心身を鍛えてきたんだろう。

違っているけど同じだったり、同じようでも違う——留学生活では、いろいろなことに気づかされる。恋人になったとしても、なんでもかんでもわかり合えるわけではないが、知らないことに気づくのは嬉しい。

そう思いつつ、仁志起はジェイクの横顔を眺めた。フィールドに立つ時は危ないから、いつものシルバーフレームの眼鏡は外しているので真っ青な目がよく見える。彼の目は、きれいに晴れた日の、まるで吸い込まれてしまいそうなほど青い空の色だ。傾いた午後の日射しを浴び、短く整えられた金髪もキラキラと輝いている。

仁志起は、この金髪と青い目に弱い。彼が自分の恋人だと思うたびに、口元が緩むほど浮かれているといっても過言ではないくらいだ。

すると、仁志起の視線に気づいたのか、不意にジェイクがこちらを向いた。

「そっちに行ったぞ、ニシキ！」

「……え？　あっ、ああっ！　うわっ〜〜！」

ジェイクの声で我に返ると、まさにクマのようにデカいロシア系のセルゲイがボールを蹴りながら突進してくる。仁志起はあわてて回り込み、吹っ飛ばされても阻止するぞ、と思ったが、セルゲイはサイドパスで逃れてしまう。

ニカッと笑いながらウインクされ、仁志起も苦笑するしかない。

だが、その瞬間、反対側に回っていたジェイクがボールを奪って、あの青い目で合図を送ってくる。すかさず、仁志起を始めとした裸チームが加勢に向かう。攻撃はすばやさが命だ。それは相手側も同じで、ジェイクを阻止しようとシェイク・アーリィがいい位置で待ちかまえている。この中東のプリンスは目がいいというか、動体視力がいいというか、ここぞという時に必ずいい場所にいるのだ。

だが、見物客は、王子VS伯爵と呑気に歓声を上げる。中東VS英国じゃないのか、と心の中で突っ込みながら、仁志起はゴールを守るフランツの位置を確認し、相手チームの隙間に突っ込む。ちゃんと気づいてくれたジェイクが、ボールを即座に回してくれたが、誰かの足先で弾かれてしまい、ぽーんとゴール前で高く上がってしまう。

しかし、セーブしようと手を伸ばしたフランツは、ほんの一瞬、速すぎた。

そこを逃さず、仁志起は跳び上がり、倒れ込んだフランツ越しにヘディングでボールをゴールに押し込んだ。

やったー、と裸チームは抱きつきながら喜び合う。

仁志起は代わる代わる仲間に抱き上げられ、よせー、やめろー、と叫びながらも笑い、最後のジェイクには自分から飛びついた。こればっかりは役得というか、カニばさみとか子ザルのようにしがみつく。ジェイクも笑っているからかまわないだろう。一応、秘密の恋人だし、こんな人前で抱きつくなんて、いつもなら難しいし、不可能なのだ。

するとと突然、見物客が大声で叫んだ。

「さすが十四億ドルの男！」

「ええっ？　十四億ドルって……あのネット・ニュースの？」

「ああ、そうか、どこかで見たことがあると思ったら、ハーバードのネット・ニュースに載っていた素っ裸の……やっぱり脱ぐと強いんだな、ニシキ・サトーは」

　そんな囁きには、クスクスと笑う声まで混じっている。しかも学生だけでなく、一緒に見物していた教授まで笑っている。

　けれど周囲にいる仲間は、もっと容赦がなかった。

「ニシキ、人気者だな！　それにニシキのことがあったせいで、あのネット・ニュースが意外と読まれてるって知ったよ」

「まあ、なんといっても十四億ドルという金額がすごいからな！」

　そう口々に言われながら、裸のままの肩や背中をバシバシと力強く叩かれて、仁志起は強張った笑みを顔に貼りつけたままで呻いた。

（……ああ、ここから逃げたい。自業自得ってわかってるけど、それでも！）

　そう叫んでも、きっと誰からも同情してもらえないだろう。

　これぞまさしく自業自得、因果応報、自分で自分の首を絞める——いろいろな言い方ができるが、自爆というよりも身から出た錆というか、怖ろしく巨大な錆である。つーか、錆なのかよ、それ、と自分でも突っ込みたくなってくるが！

そもそもの発端は夏期休暇だ。ハーバード・ビジネススクールの夏休みは長い。

まずは同じ日本からの留学生と、同期生の外国人を引き連れ、HBSの恒例行事である日本への研修旅行〈ジャパン・トレック〉に向かった。

外国人学生たちと名所旧跡を観光し、有名な日本企業を訪問し、工場見学をするのは、十一名の幹事団が一致団結しても大変だった。それでも参加者たちから、日本への理解が深まった、貴重な体験ができたと喜んでもらえたことは嬉しかったし、やり遂げたという満足感もあった。

それだけに、ジャパン・トレック終了後、日本人留学生の団結は強まって、それぞれがサマーインターンやバカンスで世界各地に散らばっても、幹事団の連絡用SNSで近況を伝え合うようになった。仁志起もサマーインターンでインドの山奥に滞在中、同じように頑張っているみんなの写真を眺めていたこともあって、仕事が一段落すると自分の近況を報告したくなった。オレも頑張ったぜ、と伝えたかったのだ。

そんなわけで、こっそりと自撮り写真を――仁志起が十四億ドルの融資契約をまとめたインドラダヌシュ茶園から見上げる世界で三番目に高い山、カンチェンジュンガを背景にパチリと自撮りをして、嬉し恥ずかしといった気分でアップした。

もちろん、写真にはメッセージも添えて。

インドの山奥で修行して、十四億ドルの融資契約を成立させたぞ、と。

すると誰もが祝福し、オレも悟りを開く、インド土産熱烈希望とスタンプやコメントをつけてくれたので、仁志起も嬉しかった。

なにしろ、本当に大変だったのだ。このサマーインターンでのインド出張は！

ただ、もちろん、学んだことも非常に大きかった。

仁志起がサマーインターンに行ったＩＦＣ——国際金融公社とは、世界銀行グループの一機関で、発展途上国に投資や技術支援を行う世界最大の国際開発機関だ。

よくわからないと言われたら、貧しい人々の生活を改善するために地域に根付くようなビジネスを興す金を貸し、儲かる方法を考える仕事だと説明している。

ＨＢＳだと、もっと簡単に〈開発系〉と呼ぶが、一般的にはソーシャル・ビジネスとかソーシャル・エンタープライズ——〈社会的企業〉などと呼ばれている。ボランティアやチャリティーでなく、社会が抱える問題をビジネスで改善しようとする事業団体だ。

このソーシャル・ビジネスやサマーインターン先でもあったＩＦＣのことを、仁志起に教えてくれたのはジェイクだ。彼はもともと開発系志望でソーシャル・ビジネスを志し、ＨＢＳに留学したという。

仁志起は前職がバンク系の証券会社で、ソーシャル・ビジネスには関心が薄かったが、実際にＩＦＣで働いてみると、これはなかなか大変な仕事だとわかった。

ただ、それでも——いや、それだけにやり甲斐も感じた。

もちろん、インドの山奥に置き去りにされた時は出張というより、修行としか思えず、とんでもない無茶振りだと嘆いていたが、膠着していた案件の融資契約を成立させて、上司にもHBSを卒業したら是非とも就職してほしい、と言われたことを思い出すたびに顔がにやけてしまう。

なにしろ、ジェイクが駆けつけてくれるまで、たった一人で孤軍奮闘していたのだ。

だからこそ、ちょっと浮かれていたのかも、と今では猛省している。

というか、十四億ドルという巨大な金額は誰にでもインパクトがあるらしい。

仁志起がSNSにアップした自撮り写真を見た日本人留学生から同期生たちへ、さらにHBS関係者へと噂が口から口に広まって、それがハーバード大学のネット・ニュースに取り上げられてしまったのだ。

幹事団の連絡用SNSで共有した写真や動画は転載禁止なので、カンチェンジュンガを背負った自慢げな写真は流出しなかったが、その代わりにジャパン・トレック最後の夜、フェアウェル・パーティーの宴会で酔っぱらって、舞台の上で浴衣を脱ぎ捨てた仁志起の全裸写真つきで！　しかも、全裸のままでは載せられないので、股間の大事なあたりには札束の山のスタンプを貼りつけた状態で！

（思い出すだけで、めちゃくちゃ恥ずかしい……いくら関係者限定っていっても、あんな写真や動画を公開するなんて！　くっそー、覚えてろよ、ヤスミン！）

すでに数え切れないくらい、そう心の中で毒づいた仁志起ではあったが、写真や動画を公開したヤスミンだけが悪いわけではない。

口コミの情報を元に記事を書き、写真が見つからないと困っていたライターに、今年のジャパン・トレックはリアルタイムで更新していたアカウントがあると教えた人がいて、そのアカウント主であるヤスミンに問い合わせが来て、どれでも使って、と返答した時、彼女はどんな写真が使われるのか、まったく知らなかったのだ。

けれど、サマーインターン中に十四億ドルの融資契約を成立させたという話題なのに、素っ裸でバンザイをする写真を使うなんて、誰も思わないだろう。いや、そう思いたい。というか、誰か止めろよ、マジで！

そんなわけで、夏期休暇も終わる頃、ボストンに戻った仁志起はＨＢＳのキャンパスで大爆笑に出迎えられた。しかも新たに命名されたニックネームは〈十四億ドルの男〉！黒帯のサムライやニンジャよりも意味不明だ。

だが、記事を書いたライターや写真を提供したヤスミンを責められない。酔った勢いで浴衣を脱ぎ、舞台の上で素っ裸になったのは仁志起本人であり、誰に脱がされたわけでも強制されたわけでもない。悪いのは自分だし、恨むなら自分自身を恨むべきだ。

「……それでも、恥ずかしいんだよ、くっそー！」

シャワーを浴びながら、素っ裸の仁志起は握り拳で絶叫した。

するると、左右のシャワーブースから笑い声が聞こえてくる。

最大出力の水音も、情けない絶叫を掻き消してくれなかったようだ。

サッカーの練習試合が終わると誰もが汗まみれの泥だらけになっていたので、HBSのスポーツジム、シャッド・ホールにある更衣室のシャワールームに直行したのだ。

仏頂面の仁志起がシャワーブースから出ると、ほがらかな声をかけられた。

「いいじゃないか、ニシキ！　かっこいいぞ、十四億ドルの男なんて……まあ、おまえの股間の札束は十四億ドルもなさそうだが」

この同好会的なサッカー・チームのキャプテンでもあるロシア系のクマ男セルゲイが、チラリと仁志起の下半身に目を向けながら突っ込むと、あちこちから笑い声が聞こえる。

隣のシャワーブースから出てきたジェイクまで笑っているのが悔しい。

すると気の毒に思ったのか、真っ先に服を着始めたフランツが口を挟んだ。

「これだけ金額が大きかったら、どうしても話題になるよ。それに、サマーインターンで結果を残したこともうらやましいし」

「うらやましい？　マッパの写真を晒されるのが？」

仁志起が呻くように問い返すと、周囲から失笑が漏れる。それでも否定はしないので、サマーインターンで結果を残したことは、やっぱりうらやましいことらしい。ガシガシと身体中を拭きつつ、仁志起も考える。

（まあ、確かに結果を残せたのはよかったよ。それぐらい頑張ったし、おかげで卒業後の見通しもついたし）


ＨＢＳは高度専門職を養成するプロフェッショナル・スクールだ。

だから卒業後、どういった仕事に就くかは重要なのだ。

しかも仁志起は私費留学だ。新卒で入った会社を退職し、背水の陣で留学した。

官費留学や社費留学の学生と違い、およそ二千万円はかかる留学費用は、自分の貯金や奨学金だけでなく、家族や親戚にも協力してもらっている。卒業して就職したら、まずは留学費用の返済をしなければいけない貧乏学生としては切実な問題だ。それに、ＩＦＣにサマーインターンに行き、卒業後の進路が定まったからこそ、はっきりしたこともある。ソーシャル・ビジネスについての勉強が足りないのだ。

身体を拭き終わった仁志起は、ふと思い出し、セルゲイに言った。

「あ、そうだ！　この前、セリョージャに勧められた本、読み終わったよ」

「どれ？」

「ブルー・セーター！　ジェイクが持ってたんだ」

そう答えると、着替え終わったジェイクが眼鏡をかけ直しながら頷いた。

「ネットで検索すると青いセーターばかりが出てくると叫んで、アキュメン・ファンドのＣＥＯの本を探していると言うので、それなら僕が持っていると」

ちなみに青いセーターもね、とすました顔で続けるので周囲の仲間が噴き出す。

だが、やってみればいいのだ。本のタイトルを教えてもらったはずなのに、検索するとさまざまな青いセーターの画像がわんさか出てくるのだ。それもこれも本のタイトルが、そのまんまの『THE BLUE SWEATER』――ブルー・セーターだからだ。

仁志起は服を着ながら言葉を探す。

「……なんつーか、すごく考えさせられる本だったよ。女性起業家の奮闘記というより、国際貢献とか人道支援って本当に難しいって気づかされたし、開発系に進むなら読めって言われたわけもわかったと思う」

この『ブルー・セーター』という本の著者はジャクリーン・ノヴォグラッツ、途上国の貧困克服に取り組む社会起業家だ。すべては彼女の、お気に入りだった青いセーターから始まっている。米国バージニア州に住む彼女が、そのセーターをリサイクル・ショップで手放した十年後、驚くべきことに仕事で訪れたアフリカのルワンダで、それを着た現地の少年に出会ったという。この経験で彼女は学んだのだ。

We are all connected.――わたしたちは、みんな繋がっている、と。

そして、この世界をよくするために本当に必要なものを探し求めて、ついに貧困と闘うベンチャーキャピタルを立ち上げる。彼女は先進国と途上国、富裕層と貧困層、相反する世界をビジネスで繋ぎ、貧しさをなくそうと戦い続けているのだ。

この本を読むと、貧しい人々を助けるという言葉は美しいが、具体的にどう助けるか、そのやり方を見つけるのは本当に難しいと思い知らされる。その場しのぎでは、貧しさはなくならない。穴が空いたバケツで水を汲むようなものだからだ。

しかも問題は複雑かつ流動的で、時間とともに変化していく。最善策と思われたことも一週間後、一ヵ月後、さらに一年も経つと最善ではなくなることもある。

ＩＦＣのサマーインターンでも進行中の案件をいくつかサポートしたが、数年がかりで進めていたのに状況が変わってしまって突然終了したり、最初からやり直しになったり、途上国とのビジネスは困難が多いのだ。

ただ、それでも、ＭＢＡ留学をしたことで視野が広がって、ソーシャル・ビジネスとか途上国開発について知ることができたのは有意義だった。

何よりも仁志起自身、子供の頃、いじめられていた時に助けてもらったことで、自分も同じように誰かを助けられるようになりたいと思い続けていただけに、人を助けるような仕事をしたいと考えるようになったからだ。

だが、選択肢はとてつもなく多い。じっくり考えたいと思っても時間は有限だ。

二年間の留学にしても半分が終わっている。のんびりしてはいられない。

ともかく、ＨＢＳの二年目は授業が選択制だ。すべてが必修科目だった最初の一年とは違い、卒業後の進路を踏まえて学生自身が選べるのだ。

そんなわけで仁志起はジェイクに相談し、二年目の授業を決めた。ジェイクはもともと開発系志望だし、仁志起のこともよく知るだけに最良の助言をもらえたと思う。

九月からの秋学期は、ジェイクに勧められたソーシャル・ビジネス関係や開発経済学、開発金融を選択した。まずは開発系の主な授業を受けて、興味が出た分野は次の春学期で学ぶ方針にしたのだ。時間は限られているが、焦っても始まらないし、遠回りに思えても自分の足で一歩一歩踏みしめながら進むのが一番確実だ。

実際に秋学期が始まって、一通りの授業を受けてみて手応えも感じた。

その中でも、ボストンは大学が多く、希望すればＨＢＳ以外の近隣にある大学の授業も聴講できるので、開発経済学はジェイクやシェイク・アーリィも選んでいたタフツ大学のフレッチャースクールに行くことにした。ここは、外交官養成スクールとも呼ばれるほど国際関係学に強くて、フレッチャー・マフィアと呼ばれる学閥もあり、卒業生には国連や世界銀行、ＮＧＯ関係が多いことでも有名なのだ。

タフツ大学まで車で二十分程度だが、授業のある日はシェイク・アーリィのリムジンに同乗させてもらえるし、ジェイクとシェイク・アーリィがそろって選択するだけあって、開発経済学はおもしろそうな授業だった。

この授業では、最初にCost-benefit analysisをやる。

直訳すると費用便益分析、もしくは費用対効果分析だ。

あるプロジェクトにかかる費用と、そこから得られる便益——社会での利益とか恩恵を比較し、評価する方法で、途上国開発ではコスト・ベネフィットが重要なのだ。

サマーインターン中、インドの山奥にある茶園に行った時も痛感した。

地域の事業に関わるとは、事業が成長して変化する地域に——そこに住んで、働く人の未来にも関わることだ。実際に融資対象となる地域に滞在し、いろいろ考えた仁志起にはもっとも興味深い授業でもある。

その開発経済学——Development Economics の授業はグループ単位で行う。

ジェイクやシェイク・アーリィとも同じグループになって、そこで一緒になったことでロシア系のセルゲイとも親しくなった。

グループ・ディスカッションをしているうちに雑談が始まり、セルゲイが仲間を集めたサッカー・チームが他の大学チームと試合をしたくても人数が足りないと嘆いたことで、わたしが参加しようか、とシェイク・アーリィが言い出し、仁志起やジェイクまで一緒にやることになってしまったのだ。

まあ、巻き込まれたようなものだが、スポーツジムに行ってエアロバイクに乗ったり、トレッドミルで走るよりも楽しいからいいかな、と思っている。仁志起が親しむ武道にもチーム戦はあるが、基本は個人対個人で戦うものだ。それだけにチームで戦うスポーツは新鮮だし、いい気分転換にもなっている。

あいかわらず、勉強は大変だが、気分転換をしようと思えるようになったのも二年目の余裕だろう。そういえば、二年目に入って変わったことといえば、スタディ・グループで集まる毎朝の予習がなくなったことだ。

そんな中でも、ジェイクやフランツは一緒に暮らしているし、シェイク・アーリィとも選択授業が重なっているので意外とよく会っている。中東の裕福な産油国アルスーリアの皇太子も、途上国開発に関心があるのだ。ただ、彼はビジネス・プランをあれこれ知恵を絞って考える側でなく、投資や出資をする側だが。

中東のオイルマネーは回り回って、こんなふうに世界の役に立つらしい。

一方、スタディ・グループのメンバーでシアトル育ちの中国系アメリカ人、ヤスミンはもっと高いポジションにつきたいとＨＢＳに入っただけに、選択した授業は起業家向けが多いし、すでに友人たちと在学中に起業する計画も立てているという。

もう一人のメンバー、リンダは選択科目が違うので、仁志起はほとんど会っていない。同じ授業を取るシェイク・アーリィから噂を聞くぐらいだ。

ロースクールも卒業している弁護士の彼女は、法律でもビジネスでも超一流のスキルを身につけたいと思っているようだ。ヤスミンの起業について相談に乗っているそうだし、面倒見がいい姉御肌なところは変わらないが。

フランツも、同じ家に住んでいるから顔は合わせるが、授業はほとんど被(かぶ)っていない。

彼が選んだのはリーダーシップやマーケティング、さらに組織行動学や管理職系の授業が多いからだ。そのあたり、卒業後の進路が違うとよくわかる。

ドイツの御曹司と呼ばれる彼のフルネームは、カール・フランツ・ベルガー。

欧米では有名なドイツ資本のチェーンストア［BERGERS］——ベルガーという名字を英語風に読み換えたバーガーズを経営する創業者一族の出身なのだ。このバーガーズは、親族経営でも有名で、祖父は本社取締役理事、父親はグループ会社の副社長だし、当然、フランツも卒業後は系列会社に入る。

せっかく仲良くなったのにバラバラになるのは寂しいが、ずっと一緒にいられるはずもないし、あと一年しかないと焦っても、どうにもならないのだ。そう独りごちた仁志起が荷物をまとめると、背後から声をかけられた。

「じゃあな、ニシキ、ジェイク！　明日は頑張ろうな！」

「おう！　セリョージャ念願の親善試合だもんな」

そう言い合うと手を振り、セルゲイたちは更衣室を出ていく。

チームの仲間はそれぞれに帰り、今は夕食の約束をしたジェイクしか残っていない。

真っ先に更衣室を出ていったフランツは、やたらと急いでいたので、きっとデートだ。最近、また語学留学中の日本人女性とつきあい始めたのだ。

シェイク・アーリィに至っては、練習が終わると愛用のリムジンで直帰している。

彼はシークレット・サービスがつくような王位継承権第一位の皇太子なので、警備上の理由で学生寮には入らず、車で十五分ほどの高級住宅街ビーコンヒルにあるゴージャスなアパートメントの最上階に住んでいる。のんびりしすぎた、とあわてていたし、おそらく彼も自宅で着替えてから今夜も美女とデートに違いない。

去年の今頃、こんなに勉強が大変だというのに、恋愛をする余裕があるなんてすごいと思っていた仁志起だが、自分にも恋人ができると考えが変わった。勉強も恋も、どちらも頑張ることが励みになると気づいたのだ。

（結局、我が身になってみないと、当事者の気持ちなんてわかんないよな）

そう思いながら、仁志起はジェイクを振り返る。

「お待たせ！　さすがにお腹空いたよ」

「ニシキのことだから、そう言うと思ったよ。ところで、何が食べたいんだい？　すぐに食べられるものだといいが、恐竜やマンモスだと難しいな」

すました顔で答えるジェイクは、どうやらふざけているようだ。

一緒に更衣室を出ながら、仁志起もつき合う。

「オレ、今ならマンモスだって一人で完食できるよ」

「一人で？　僕の分は残してくれないのか」

「じゃあ、マンモスの鼻をあげる」

鼻は珍味だな、嬉しいよ、と大真面目に礼を言われ、仁志起は噴き出した。

ジェイクの冗談は本当にわけがわからない。英国紳士の謎だ。

二人で笑いながら歩いていると、シャッド・ホールを出たところで歩道の向かい側から親しげに声をかけられた。

「おう、佐藤2！　ジム帰りか」

手を振っているのは、同じ日本人留学生の橘芳也だ。

ジャパン・トレックの幹事団で一緒に頑張った海棠慧一や黒河芳明もいる。

彼らは買い物帰りなのか、両手に大荷物だ。橘など、アメリカらしい巨大なキャベツを丸ごと片手に抱えている。イケメンはキャベツを抱えてもかっこいいな、と思いながら、仁志起も手を振って答える。

「サッカーの後で、シャワーを浴びてきただけだよ。そっちは買い出し？」

「ああ、今夜はお好み焼きパーティーなんだ。もんじゃも焼くぞ、おまえも来るか？」

「マジで？　すげえ！」

思わず、仁志起は叫んだ。お好み焼きも、もんじゃ焼きも大好物だし、このボストンで滅多に味わうことができない母国の味でもある。だが、ジェイクといることを思い出し、あわてて首を振った。

「残念だけど、今夜はジェイクと一緒だから……」

「だったら、ハーディントン伯爵も謹んでご招待するよ！　ジャパニーズ・パンケーキ・パーティーに！」

そう言うと、橘はキャベツを抱えたまま、芝居がかった仕草で優雅に一礼する。

さすがに横にいた海棠が噴き出し、橘がキャベツを叩きつける真似をすると、仁志起やジェイクも笑わずにいられなくなって、二人で顔を見合わせた。

「せっかくだから、ご招待を受けようか」

「うん！」

「佐藤2、しっかり切れよ！　丁寧に細かく！」

やってるよ、ちゃんと、と呟いた仁志起は調理用バサミをぎこちなく動かす。

ほとんど包丁を持ったことがないと言ったら、海棠から問答無用で手渡されたのだ。

思えば、すでに卒業してしまった先輩の奥様から夕食に呼んでもらった時は、ご主人とおしゃべりしたり、赤ちゃんの相手をしているうちにテーブルに呼ばれ、おいしいものが食べられたが、今夜は風向きが違っている。

自習室には緊張感が漲っていた。

仁志起も学生寮にいた頃、よく使った自習室は六畳ぐらいの個室だ。ホワイトボードや大きなテーブルがあって、一人で集中したい時や数人で議論するような時にも使えるので便利だった。だが、今は仁志起が調理用バサミでおっかなびっくりキャベツを切る奥で、エプロンを着けた黒河が黙々とみじん切りに勤しみ、しゃれた赤いバンダナを頭に巻いた海棠が慣れた手つきで下ごしらえをしている。

切れ長の目が鋭い黒河は、日本屈指の二輪車メーカーであるカシマ発動機の入社試験でトップだったというエリートで、社費留学というよりも社長の肝入りでMBA留学をした未来の幹部候補生だ。ジャパン・トレックでもスケジュール変更や注文が多い部屋割りを丁寧かつ正確に調整し、とても頼りになった。細かい作業も労を惜しまず、しっかりやる生真面目さは、みじん切りにも発揮されている。

さらに九州の名家出身であるイケメンの海棠は、キャンプが趣味というアウトドア派でワイルドな男の手料理ならお手のものらしい。ただ、留学してからは勉強が大変なので、自炊するつもりはなかったのに、橘に引きずり込まれたという。

そう！　驚いたことに、食い道楽で有名な政治家の祖父を持つお坊ちゃまの橘は突然、料理男子の道に目覚めたのだ。口に合わないものや忍耐が必要になる食事を続けるほど、人生は長くないと本人は主張するが、とどのつまり、朝昼晩とスパングラー・センターの学食に通うことに飽き飽きしたんだろう。

その気持ちはよくわかる。仁志起も同感だ。たまに食べるならいいが、毎日だと本当につらい。何を食べても同じ味に思えて、うんざりするのだ。

とはいっても、料理をしない独身男子に選択の余地はほとんどない。

どこかに食べに行く時間的余裕も金銭的余裕もない仁志起は早々にあきらめたが、心が折れそうになると積極的に日本人留学生の奥様たちの手伝いをして、お礼代わりに夕食をごちそうしてもらった。なにしろ、ＭＢＡ留学をするパートナーを持つ奥様方は優秀で、手に入る食材だけで母国の味を再現し、ふるまってくれたからだ。

だが、最近はそれも減ったので、実家から送られてきた支援物資——単なるカップ麺やパックご飯、インスタントの味噌汁だが、これも海外で買うと高いし、ちみちみと大切に味わう日々だ。仁志起に限らず、独身男子は似たり寄ったりの状況だと思うが、どうやら橘は限界に達して一念発起したらしい。

（……確かに橘って、祖父ちゃんにめっちゃ可愛がられてて、舌が肥えてるしな）

さらに、そこで自分で作ると実践するところもすごい。

仁志起も試すだけは試したが、自分には無理だとわかっただけだった。

それというのも今、住んでいるのは、もともと日本人の先輩一家が暮らしていた家で、中途半端な時期に空くというので格安で貸してもらったのだ。

しかも、三人でシェアするので家賃は三等分、キャンパスの学生寮よりも安くなって、貧乏学生の仁志起にはいいことばかりの上、あわただしく帰国した先輩の奥様は、持って帰るのが難しいものも含めて、いろいろと置いていってくれたのだ。六人掛けのテーブルのダイニング・セットもそうだし、大枚を叩いたという高機能な電気炊飯器も！

けれど、その電気炊飯器で、仁志起はちゃんとご飯が炊けなかった。

取扱説明書を熟読し、譲ってくれた奥様にも泣きついて、水を入れたら炊ける無洗米も試してみたが、何かが違うのだ。炊飯器で米を炊く――ただ、それだけのことでも、このボストンでは高度に研ぎ澄まされた勘が必要になるらしい。

そもそも、仁志起は佐藤家の一人息子だ。留学するまで実家暮らしで、母や祖母が必ず家にいたので、手伝いはしても男子厨房に入らずで料理はできない。だからスイッチを入れるだけの電子レンジなら使えるが、電気ケトルは水を入れすぎて壊したことがあり、お湯も沸かせない息子だと母親に嘆かれたことがある。

ただ、言い訳をすると、いつも外から帰ったら、腹は減っていないか、何か食べるか、聞いてもらえるような毎日で、冷蔵庫にも食べられるものが入っているのが当たり前で、それに甘えている自覚さえなかった。

つまり、本当に甘やかしてもらっていたのだ。今さらながら家族に感謝するばかりだ。電子レンジで温め直すだけで食事ができることが――しかも、それが口に合い、おいしく食べられることが、どれほど幸せなことか、母国を離れた地では身に染みる。

我が身を振り返って、仁志起がしみじみと反省しながらキャベツを切り刻んでいると、にぎやかな話し声が自習室の外から近づいてきた。

「おう、一人追加だ！　ホットプレート持参の援軍が来たぞ」

そう言いながら橘がドアを開き、ジェイクと一緒に戻ってきたと思ったら、その後ろに羽田先輩までついてくる。

目鼻立ちの整ったハンサムである羽田雅紀は、同じ道場にいた頃、一学年上だったので先輩と呼んでいたこともあり、今でも敬意を込めて、そう呼ばせてもらっている。

文武両道の優等生だった彼は、仁志起のあこがれだった。

小学生の頃、上級生たちにいじめられていた自分を助けてくれた彼は、仁志起にとってヒーローでもあったからだ。武道を始めたのも、勉強を頑張ってきたのも――さらには、このＨＢＳに留学したのもすべて羽田先輩の影響なのだ。

だが、その羽田先輩は自習室に入ってくると、キャベツが山盛りになっているボウルを抱え込んだ仁志起を見た途端、ぷぷっと噴き出した。

「先輩、笑うなんてひどいッス！」

「……い、いや、妙に哀れっぽくて、つい」

羽田先輩がこみ上げてくる笑いを隠そうともせずに答えると、その隣にいたジェイクも苦笑気味に同意を示す。

「言われてみれば……なんだか、かわいそうに見えてくるな」

「なんつーか、動物園の飼育係見習い？」

「いや、むしろ、こんなに小さいのにえらいねって」

「ひっで〜〜〜！」

橘と海棠が勝手なことを言い、仁志起が叫ぶと、黒河まで小さく噴き出した。

どこに行っても笑われるのかよ、オレ、と仁志起は脱力するしかない。

すると、仁志起の隣に腰を下ろしたジェイクに肩を叩かれた。

「何か手伝おうか、ニシキ？」

「心の底からありがとう、ジェイク。つーか、そっちの探し物は見つかった？」

「ああ、見つかったよ。二十本ほど持ってきた」

そう答えながらジェイクはウインクを投げると、橘と一緒に運んできた大きな木箱からラベルのないボトルを引っぱり出した。去年、行われたインターナショナル・ウィークのフード・フェアのために地元から取り寄せたアップルサイダーだ。

サイダーといってもアルコールで、シードルとも呼ばれるリンゴ酒なのだ。

シュワシュワとした強めの炭酸で喉越しもよく、アルコール度数はさほど高くないが、疲労困憊の空きっ腹で一気に飲むとぶっ倒れるぐらいには、ちゃんとアルコールである。

仁志起は試験明けに飲み、ぶっ倒れた経験者なので保証する。

というか、ジェイクはパーティーの招待を受けたからには手土産が必要だと言い出し、恐縮する日本人一同にかまわず、この学生寮にいる友人の部屋にまだアップルサイダーがあるはずだと、橘と取りに向かったのだ。インターナショナル・ウィークの後、ボトルの木箱は重量があるし、学生寮の一階に住むＵＫクラブの会長の部屋に預けていたらしい。こんな木箱が部屋にあったら邪魔だと思うが、中身は減っていたそうで、これも役得だと思う人なら気にしないのかもしれない。

実際、このアップルサイダーはうまいし、さっそく誰もが食前酒代わりに飲み始めて、やっぱりうまいな、また飲めて嬉しいよ、と口々に言う横で黒河も頷く。地元の名産品が褒められ、ジェイクも嬉しそうだ。仁志起も同感だし、残ったら持ち帰りたいが、きっと残らないだろう。なにしろ、あっという間に一本目を飲み干した橘は二本目を確保して、羽田先輩が持参したホットプレートの準備を始めている。

「こっちで、つまみを焼くか」

「つまみって？」

「ホタテとカキだからバター焼きだな。それから刺身もあるぞ」

興味津々で覗き込む仁志起に、橘は足元にあるクーラーボックスから取り出した包みを見せてくれる。タタキ、サンマイオロシといった日本語が通じることで有名なボストンの魚屋に行ったそうで、刺身はめちゃくちゃ新鮮でうまそうだ。

　バーベキュー用の使い捨て皿は味気ないが、ドカドカと盛りつけるマグロやサーモン、イカや甘エビには目が釘付けになる。小皿代わりのアルミ皿に醤油を注ぐと、わさびは粉で妥協し、それぞれが割り箸を手に我先にと刺身を味わう。

「うわー、うまいな、これ！」

「築地に負けず劣らずって感じだな」

　仁志起が行儀悪くマグロを頬張りながら呟くと、羽田先輩も頷いた。その名を出すな、恋しくなる、天ぷら食いてー、と海棠と橘が口々に嘆く横では、黒河も黙々と刺身を口に運ぶ。しかし、興奮気味の日本人に若干引いているジェイクに気づき、仁志起はマグロやサーモンを取り分けて、あわてて差し出した。

「ジェイクはこっちをどうぞ。イカは入れてないよ」

「え？　イカがダメなのか、伯爵？」

　海棠が意外そうに訊ねるので、仁志起は笑いながら頷いた。

　ジャパン・トレックの後で一緒に東京に戻ってくると、仁志起がお勧めできる寿司屋にジェイクを連れていったが、イカやタコには首を傾げていた。味がどうこうというより、食感がお気に召さなかったらしい。

「申し訳ないが、イカは理解できない。だが、マグロやサーモンは美味だと思うし、僕はミソ・スープを愛し始めている」

ジェイクが箸を上手に使いながら大真面目に告げると、みんなが笑い出して、仁志起もずっこけそうになった。味噌汁ラブか、それはお目が高い、なかなかの通じゃないか、と口々に言われ、ジェイクまで楽しそうに笑っている。

ジェイクが日本人の仲間たちと和気藹々としているのを見ると、なんとなく仁志起まで嬉しくなってしまう。こんな気持ちは初めてで妙な感じだ。脇腹をくすぐられるような、こそばゆい気分なのだ。

「さあ、そろそろ焼きに入るか！」

「よっしゃ！」

立ち上がった橋は、海棠とハイタッチを交わし、やる気満々だ。

自習室のテーブルには大きめの楕円形が二台、さらに小型の円形が増えて、合計三台のホットプレートが並ぶ。ジェイクは興味津々といった様子だが、仁志起もガン見だ。

お好み焼きも、もんじゃ焼きも、用意された生地を焼いたことはあるが、その生地から作るところは初めて見るかもしれない。海棠いわく、ふっくら焼くには小麦粉に出し汁を混ぜた生地を寝かせるのがコツで、キャベツは水分が出るから焼く直前に混ぜるべきだと主張する。それから、これは隠し味、と言いながら海棠が出したのはポテトチップスで、仁志起の目は丸くなった。

「うそだろッ！　ポテチが？　どんな隠し味なんだよ？」

「天かすの代わりだが、けっこうイケるぞ」

「食ってから海棠に謝れよ、佐藤2」

橘は軽口を叩くと、ホットプレートの電源を次々と入れていく。

小型の円形にはバターを落とし、ホタテとカキを入れると蓋をする。

キャベツを刻み終わっていた黒河は玉子を割り始めたが、ジェイクの向かい側に座った羽田先輩はアップルサイダーを飲みながら見物だ。ホットプレートを持参しているので、労働から免除されるらしい。鍋奉行ならぬ焼き奉行と化した橘と海棠は新しいボウルに刻んだキャベツと日本から持ってきたという貴重な桜エビ、さきいかを入れ、粉々にしたポテトチップスも天かす代わりに投入し、玉子と生地を加えて手早く混ぜていく。

おお、二人とも手際がいいな、と感心しながら見ているうちに海棠がトングをつかみ、薄切り肉を焼き始めたので、仁志起は訝しげに訊ねた。

「……あれ？　先に肉を焼くんだ？」

「おまえんちは肉後派か？」

「待ってよ、肉が先とか後とか、派閥があんの？」

「あるんだなー、これが！　海棠は肉先派だが、オレは肉後派で蒸し系だ」

地域によって違うんだ、と口を挟んできた橘は肉にかまわず、ホットプレートに生地を丸く落としていく。ホットプレートが二つあったのは派閥の違いだったらしい。

すると、ジェイクが頰杖をつきながら微笑んだ。

「どちらが先かという論争は、どこにでもあるんだな……イギリスでも、ティーカップに紅茶を注いでからミルクを入れるか、ミルクを先に入れてから紅茶を注ぐか、常に議論が交わされている」

げげっ、マジかよ、と誰もが驚くが、ジェイクはすまし顔で頷く。

「ちなみに、スコーンも論争になる。ジャムとクリームのどちらを先につけるか」

「味は同じじゃん。変わらないよね？」

「いや、これが違うんだ。ちなみに僕は、ジャムが先というコーンウォール・スタイルを支持している。スコーンは温かい焼き立てを食べるほうが美味だから、クリームが先では熱で溶けてしまう」

理路整然と説明されても、仁志起は怪訝な顔になるしかない。

なにしろ、スコーンは素朴な焼き菓子だ。そんなものにスタイルがあることに驚くし、げに怖ろしきは食文化というか、食へのこだわりというべきだろうか。

そんな話をしている横では、肉後派の橘がふっくらした生地の上に薄切り肉を載せて、蓋を閉める。仁志起の家でもこんな感じだ。蒸し焼きにして火が通ったら出来上がりだ。

海棠はじっくりと薄切り肉を焼き、そこに生地を落とす。こちらもジュージューと音を立てる肉の脂がうまそうだし、早く食べたくなる。

焼き奉行たちが腕をふるう横では、黒河が黙々とソースを作っていた。仁志起が好奇心丸出しで覗き込むと、ひょいと手元に並ぶボトルを見せてくれる。バーベキューソース、オイスターソース、ケチャップに加えて、こちらでよく見かけるソイソース——つまりは日本の醤油だ。それを混ぜ合わせているらしい。

「すっげえ！　お好み焼きのソースも自作なんだ？」

仁志起が叫ぶと、ヘラを持った海棠が生地をひっくり返しながら説明してくれた。

「こっちで買うと割高になるしな。元の値段を知ってると悔しいんだよ」

「でも、たまに我慢できなくて高くても買っちゃうんだよな」

羽田先輩が苦笑気味に呟くと、同意を示すような笑いが漏れる。しかも、ジェイクまで一緒に笑っているから、留学生にはありがちなのかもしれない。

実際、仁志起も我慢できず、ボストンでラーメンを食べに行ったことがあるが、一杯で円換算だと千円以上だし、さらにチップがいるし、いつもすごい行列だし、そのわりには味が普通で、なんだか欲求不満になるのだ。

そう考えたら、食い道楽の橘が料理に目覚めるのも当然かもしれない。

文句をつけながら我慢するくらいなら自分で作るほうが正しい、と納得してしまうと、ついにお好み焼きが焼き上がって、橘と海棠がヘラを操り、格子状に切り分けていく。

「さあ、どんどん焼くから、どんどん食ってくれ！」

気合を入れる二人は焼き奉行というより、むしろ屋台のイケメン・ブラザーズだ。

ともかく、さっさとホットプレートの上を空けるために、仁志起はすばやくスクエアにカットされたお好み焼きを二人分、皿に取り分けると、ジェイクに手渡す。

「はい、ジェイク。これは広島で食べたヤツとちょっと違うけど、基本的には同じだよ。ソースとマヨネーズ、それから青のり、かつおぶしをかけて」

そう説明しつつ、自家製ソースとマヨネーズをたっぷりかけてから、さっそく一切れを口の中に放り込むと、仁志起は頬張ったままで叫んだ。

「……なにこれ、うまいっ！」

「だろう？　ほら、佐藤2、海棠に土下座しな」

橘と海棠が満足そうに笑うが、仁志起は頷くしかない。それほどうまいのだ。しかも自分が出来立て熱々ということもあるが、あるもので間に合わせた味ではない。しかも自分がチマチマと切り刻んだキャベツも入っていると思うと、いっそうおいしく感じる。

感激する仁志起の隣で、ジェイクも上手に箸を使っていた。ジャパン・トレックの時、広島で一緒にお好み焼きを食べたので、こういう味も喜ぶと知っているが、おいしそうに味わう姿を見ると嬉しい。

橘と海棠も食べながら次々と焼き、ホタテとカキのバター焼きも出来上がり、みんなで舌鼓を打つ。アップルサイダーの次は缶ビール、さらに黒河がご秘蔵の日本酒を提供し、どーんと立派な一升瓶があらわれる。これもカシマ発動機の社長の差し入れだというが、どんな銘酒でも、ここでは紙コップに注がれてしまう。

それでもうまいから素晴らしいと思っていると、ジェイクも気に入ったのか、黒河から二杯目をもらっていた。

「すっきりした味わいで悪くない。ジャパン・トレック中に、ヒロシマで飲んだ日本酒もなかなかだったが、これはどこのもの？」

そんな褒め言葉を聞き、仁志起は目を丸くして微笑む。なにしろ、悪くないというのはジェイクの最上級の讃辞だ。だが、すぐにもっと目が丸くなった。

「信州佐久。オレの生まれた土地だ」

「アップルサイダーも同じだ。僕が生まれた土地で作ってるんだ」

ジェイクが答えると黒河も頷き、互いの地元の話を始める。

滅多に聞けない黒河の声に驚いた仁志起だったが、ジェイクは自然に話を続けていた。

無口な黒河も何も話さないというわけではないらしい。今も言葉は少なくても、会話を楽しんでいるように見える。ジェイクは社交上手だな、と仁志起が感心すると、まだまだお好み焼きを作っている橘から呼ばれた。

「佐藤2！　小さいほうが空いたから、もんじゃ焼くか？」

「焼く！」

仁志起は即答し、小型のホットプレートに向かう。バター焼きの残りを片づけて表面をきれいにし、海棠が用意したボウルを受け取るが、シリコンのヘラに顔をしかめる。

「こんなヘナチョコなので焼くの？」

「文句を言うな。ホットプレートを傷つけたら弁償だからな」

持ち主の羽田先輩から警告されると、わかりましたー、と頷くしかない。

子供の頃から道場の稽古の後、よく食べに行っていたから、焼き方はわかっているが、いつもは大きな鉄板で、ステンレスのヘラを力まかせにガシガシやっていたので、小さなホットプレートやシリコンのヘラでは勝手が違う。それでも具材を炒めながら細かくし、丸い土手を造り、ソースの匂いがする生地を注いだ。なんでもやればできるもんだ。

一段落した仁志起が手を止めて、飲みかけだったビールを空にしていると、ジェイクがホットプレートの上を怪訝な顔で眺めた。

「……ニシキ、これは食べ物？」

「うん。もんじゃ焼きっていうんだ、これは……東京下町のローカルフードっていうか、ジャンクフードなんだけど、オレの地元のソウルフードでもあって」

そう説明するが、ジェイクだけでなく、黒河まで怪訝な顔をしている。長野県出身なら珍しいのかもしれない。神奈川県出身の羽田先輩は道場に通っていた頃に食べているし、食通の橘やアウトドア派の海棠は知っているようだ。

火が通ってきたら全体を混ぜ合わせて、最後に絶対に忘れちゃいけないスナック菓子のベビースターラーメンも入れて、そろそろかな、と仁志起が思っていると、橘が未使用の割り箸を回してくる。これを割らずにヘラ代わりに使おうというらしい。

なんでもあるもので代用するのが留学生活サバイバルだ、とうそぶいた橘は、真っ先に割り箸を逆さに持ち、焦げた部分を器用に集める。それに倣って仁志起もやってみるが、けっこう難しい。それでも、どうにかこそげ取って口に運ぶ。

おお、もんじゃの味だ、と呟きつつ、なんだか涙が出そうになる。

子供の頃から慣れ親しんできた味を東京下町から遠く離れたアメリカの地、ボストンで食べる感動というか、まさしくマイ・ソウルフードだ。しみじみと味わう仁志起は、横で訝しげに見ているジェイクにも割り箸を渡し、食べ方をレクチャーする。

「あのね、こうやって……擦りつけるようにして、焦げたところを集めるんだ。ソースの焦げたあたりが香ばしくてうまいから」

ジェイクは仁志起を真似て、焦げたあたりを口に入れるが、ぴんと来ない表情だ。

こういう食べ物だとわかっている橘や海棠は、やはり怪訝な顔で食べる黒河を見ながら笑い、その横で羽田先輩がきっぱりと言う。

「黒河、無理に食わなくてもいいぞ。もんじゃはジャンクフードなんだから、うまいとかまずいとか関係ないんだ。食べ慣れてるか、そうじゃないかってだけだ」

「えー、なんですか、それ！　ひどいッス！」

「オレは事実を言ってるだけだ。おまえにとって、なつかしくてうまいものであっても、ゲロにしか見えないヤツだっている」

はっきり言いすぎだよ、と橘や海棠は突っ込むが、羽田先輩は平然としている。

確かに、食べ慣れないと伝わらないおいしさかもしれないと思うが、ゲロと言われると言い返したい。しかし、苦笑を浮かべるジェイクや黒河の横で、仁志起が反論する前に、羽田先輩は続けた。

「まあ、もんじゃが恋しくなったら言ってくれ。金属のヘラで傷つけないなら、いつでもホットプレートを貸すから」

「……あ、はい。ありがとうございます」

仁志起が素直に礼を言うと、橘や海棠が我慢できなかったように笑い出した。

「うおー、すげえな。そこで礼を言うのが体育会系か！」

「そういや、羽田も黒帯なんだよな」

からかうように言われても、羽田先輩はそっけなく頷くだけだ。

羽田先輩の通っていた名門私立校は、体育の授業で武道をやるから習っていただけで、最近は稽古をしていないというが、それでもちゃんと留学先に道着を持参していることを仁志起は知っている。

二人が武道を習った道場は、外国から訪れる武道家を歓迎し、一緒に稽古をすることも多く、門弟にも海外に行く時には、請われたら喜んで模範演技や演武を披露して、武道を知ってもらえるように、常に道着を持参するように教えていた。

（……なんつーか、羽田先輩って厳しいけど優しい）

そう独りごち、仁志起はヘラ代わりの割り箸を咥える。

口に合わないなら無理に食べなくてもいい、と告げる一方で、仁志起に食べたくなれば道具は貸してやると言う。わかりづらいけれど、どちらも優しさだろう。いや、むしろ、そんな人だからこそ、ずっとあこがれてきたのかもしれない。

もんじゃを食べながら、ぼんやりと考えていると、ジェイクに顔を覗き込まれた。

「……ニシキ？　しょんぼりしてる？」

「え？　してないよ、ちょっと考えてただけ。ゲロに見えてもうまいって」

そう答えた途端、ジェイクだけでなく、他のみんなも笑い出す。

結局、もんじゃ焼きは仁志起と橘、海棠の三人で食べたが、久しぶりでうまかったし、文句はない。お腹もいっぱいになって、いい具合に酒も回ってくると雑談も盛り上がり、もんじゃ焼きを平らげた仁志起は、ふと思いついて羽田先輩に訊ねた。

「それにしても、羽田先輩も自炊してるんですか？　こんな使い込んだホットプレートを持ってるってことは」

「あればあったで便利だぞ、そんなに高くないから……まあ、そうはいっても、オレのは卒業生から譲り受けたものだし、ここにあるのも似たようなものだろう？」

「ご名答！　卒業生の置き土産と、新婚さんの佐藤1が買い直しで古いのをくれた」

「佐藤サンって関西出身で、たこ焼きが作れないとダメなんだと」

橘と海棠の説明に、仁志起は目を丸くしながらも苦笑する。

同じ名字のせいで佐藤1、佐藤2と呼ばれている片割れ、佐藤伊知郎（いちろう）は夏期休暇の間に婚約者とめでたく結婚し、単身用の寮から家族向けの寮に引っ越している。

入学前に繰り広げられる学生寮の部屋争奪戦で、仁志起が確保した条件のいい部屋を、先にボストンに来た同じ名字の佐藤1が間違えて入居してしまって、危うく住むところがなくなるかも、といったアクシデントもあったが、今となってはいい思い出だ。

あれがなければ、ジェイクの隣部屋になることもなかったわけで、二人の関係も今とは違っていたかもしれない。

ただ、仁志起がちょっと納得できないのは、佐藤1の新妻も佐藤という名字になるが、呼び方としては三人目の佐藤だから佐藤3――〈佐藤サン〉となっていることだ。

あまりにも普通すぎるので、なんだか納得がいかない。

仁志起が口唇（くちびる）を尖（とが）らせながら考え込んでいる横で、まだお好み焼きを焼き続ける橘が、ふと思い出したように口を開いた。

「あ、そういや、羽田なら知ってるよな。天城が退学したってマジ？」

「マジ」

羽田先輩が即答し、仁志起は目が丸くなる。

「……えっ？　天城さんって、あの天城さんが退学？」

「ああ。一身上の都合で退学するっていう連絡があったんで、学生オフィスから人が来て学生寮の部屋に残っている私物をまとめて持ち出していったって」

そう聞かされても、仁志起は絶句するばかりだ。同期生の日本人の中でも天城隆司は年長で在米生活も長いせいか、頼れる兄貴的ポジションで、ジャパン・トレックの宴会で浴衣に羽織姿になったらヤクザの親分のような貫禄があったほどだ。

確かに、HBSは勉強が大変だし、成績が悪いと容赦なく退学させられる。

二年目に入ってから見かけない学生や、校風が合わないと退学してしまう学生もいて、仁志起が知る限りでも中途退学した学生は天城で二人目だ。

言葉を失う仁志起の横で、橘や海棠、羽田先輩はさらに噂話を続ける。

「そういえば、佐藤1と前後して榊原や中江も寮を出たよな？」

「榊原は……ほら、ジャパン・トレックで助っ人をしてくれた森篤志がMITの研究所に来たからルームシェアすることになったんだよ」

「中江は前から二拠点だったしな」

　そんな話を聞きながら、仁志起は首を傾げる。ジャパン・トレックで挨拶をしたので、MIT──マサチューセッツ工科大学のホワイトヘッド研究所に入った森は知っている。同期生の榊原千彰は面倒見がいい人だし、彼が一緒なら新生活も心強いだろう。

　だが、謎が多い美青年である中江純の二拠点というのは意味不明だと思ったら、彼はHBSに入学以前からボストン市内に住んでいたそうで、一年目はそちらの家と学生寮を行ったり来たりで過ごしていたらしい。

「知らなかったな……みんな、けっこう移動してるんだな」

　仁志起がしみじみと呟くと、海棠が笑った。

「何を言ってんだ、最初に寮を出たのは佐藤2だろう」

「一年生の日本人の間に、二年生の借りてた家が急に空くから次の借り手を探してるって速報が駆け巡った時、真っ先に問い合わせたのは佐藤2だって聞いてるぞ」

「オレも聞いた。千牧が他の学生と相談してる間に決まってたって」

　橘や羽田先輩からも次々と言われ、仁志起は驚いた。

　すると、隣のジェイクが口を挟んでくる。

「もしかしたら、ニシキは運がよかったのかな？　あの速報が届いた時って、たまたま、スタディ・グループのメンバーが集まっていたタイミングで、すぐに僕やフランツと話がまとまったから」

そっか、そうだね、と仁志起もしみじみと頷く。渡りに船とか地獄に仏、いや、むしろ棚ボタといった感じで決まった三人暮らしだが、毎日楽しく過ごしていることもあって、運がよかったと思うと、なんだか急に有り難みが増す。

するとと、今度は羽田先輩が急に思い出したように言った。

「ところで佐藤！　運がいいんだったら、いい加減、日本人会主催の講演会に来てくれるゲスト・スピーカーは決まったのか？」

「す、すみませんっ！　まだ決まってませんっ！」

仁志起は身をすくめる。日本人会は文字通り、HBSに留学した日本人のクラブだ。インターナショナル・ウィークのフード・フェアで和食を紹介するブースを出したり、ジャパン・トレックでは幹事団として外国人学生を引率する。

留学生は、ほとんど母国のクラブに入るし、ジェイクだったらUKクラブやユーロ圏のクラブに入っている。このクラブが母国の関係者をHBSに招いて、講演会とか交流会を開き、学生の人脈を広げることにも一役買っているのだ。

そんなわけで、今学期、日本人会主催の講演会の企画運営をまかされたのが、仁志起と黒河なのだ。それぞれ一回ずつ、合計二回の講演会を開催予定だ。企画運営の主な仕事は会場や日程を決めて宣伝し、当日はゲストの送迎や接待を行う。

ただ、それ以前に、仁志起には講演を引き受けてくれるゲストが見つからないのだ。

「黒河さんは……やっぱり、カシマの社長が来てくれるの？」

　仁志起がおずおずと訊ねると、黒河は頷いた。訊くまでもないという返事だ。そもそも黒河は社費留学で、そういう学生は自分を留学させた企業の関係者を招くことが多いし、彼を留学させたカシマ発動機の社長なら喜んで手弁当で来てくれそうだ。

　けれど仁志起は私費留学で、留学のために退職したし、もともと平社員でコネもない。母校の大学や高校にも当たったが、自費で来てくれるような人は見つからなかった。

　そう！　これは無料の講演会なので、ゲストにも金銭的なお礼がないのだ。

　だが、交通費や宿泊費が自己負担でも、名門ハーバードで講演するのがステイタスだと思ってくれるゲストもいて、ニュースで名前を見かけるような有名人でも、人によっては手土産まで用意した上でスケジュールを空けてくれるのだ。

　そういった有名人は地元のアメリカ人がほとんどで、それ以外の場合はボストン近郊に仕事で来たついでに寄ってくれるパターンが多い。ただ、当然だが、そんな情報がいつも転がっているはずもなく、仁志起は講演依頼のメールを地道に送るしかない。

　それも、お断りの返信をもらえればマシ、梨の礫がほとんどだ。

　最後の手段は、道場で世話になった師範代がオリンピックや世界選手権のメダリストを観光がてら連れていこうか、と言ってくれたので、それにすがるしかないかもしれない。

　しかし、ＨＢＳの講演会に武道家を招き、何を話してもらえばいいんだろう？

(……でも、みんな黒帯が好きだし、いっそ招待試合かな)

そう独りごち、腕組みをした仁志起は溜息を漏らす。

するとジェイクが苦笑気味に肩を叩いた。

「そろそろ帰ろうか、ニシキ」

「あ、うん。もうお腹いっぱいだし……でも、どうして二人ともまだ焼いてんの?」

思わず、仁志起は不思議そうに訊ねた。今もなお、橘と海棠はそろって、お好み焼きを焼き続けているのだ。みじん切りにされた山のようなキャベツもほとんどがなくなって、今度は焼き上がったお好み焼きが積み上げられている。

すると、橘がニヤリと笑った。

「佐藤2も会費を払うなら、お土産に包んでやるぞ。お好み焼きは最強だ。冷凍すれば、いつだってレンチンで食えるし、肉も野菜も炭水化物も一気に取れる」

それを聞き、仁志起は目を丸くした。だが、言われてみれば、その通りだ。

お好み焼きパーティーにしても、みんなで一緒に焼きながら食べつつ、同時に全員分のストックを作るのが目的らしい。確かに、このお好み焼きを冷凍庫に常備し、好きな時に食べられると有り難い。仁志起が払うと即答したら黒河が金額を出してくれたが、頭数で材料費を割り、日本円で四千円程度だ。これだけ食べて飲んだ上、お土産のお好み焼きが五枚つくなら激安だった。

　さらに食生活で困っているなら、納豆の共同購入にも混ぜてくれるという。ボストンでオーガニック納豆を作っている農家があって、味もなかなかいいのだが、巨大なパックで三十六個からしか買えないそうで、いつも五、六人でまとめ買いをしているらしい。

「お土産に一個入れてやるから味見しろよ。去年、仕切ってくれた奥様が帰国したんで、自分たちで取り寄せることにしたんだ」

「わーい、ありがとう！」

　ラップフィルムに包んで保存バッグに入れたお好み焼き五枚と納豆のパックを抱えて、仁志起はホクホクだったが、橘も満足そうに腕を組みながら呟く。

「佐藤2で五人だから、あと一人見つかるといいんだが……今年の一年生は、まだ納豆に恋しさを感じていないんだよなー」

「そういや、学生寮が静かだと思ったら、今夜は一年生の姿がないのか」

「ああ、この週末は最初のセクション・リトリートだからね」

　羽田先輩や海棠が話すのを聞き、仁志起はこっそり顔をしかめた。

　セクション・リトリートとは、いわゆる親睦旅行だ。ＨＢＳではクラスをセクションと呼び、そのセクションごとに週末、泊まりがけで近郊に出かける恒例行事があるのだ。

　だが、記念すべき初回の記憶が仁志起は薄い。当時は勉強が大変で睡眠不足だったので行き帰りのバスで爆睡し、滞在先でも寝まくっていたからだ。

しかも同じセクションであるジェイクも当時を思い出したのか、どことなく楽しそうな笑顔になっている。

「ジェイク、なんにも言わなくていいよ」

「いや、それは無理だな。セクション・リトリートと言ったら思い出すよ」

小声で囁き合っていると、橘がめざとく食いついてきた。

「あ、そういや、佐藤2って最初のセクション・リトリートで爆睡したんだよな」

「なっ、なんで知ってるんだよ、橘サン！」

「だって有名だぞ、冬眠するリスみたいに丸まって寝てたって」

マジか、と仁志起は愕然とするが、初耳だったらしい羽田先輩は納得している。

「……そういえば、佐藤は寝つきがよかったよな。道場の合宿でも横になった途端、もう眠ってたことを覚えてるよ」

「ええ、そうっスね……寝つきはいいです、はい」

仁志起がうつむきがちに同意すると、ジェイクが口元を押さえて笑いを堪えている。

なにしろ、仁志起の寝つきのよさを今現在、誰よりもよく知っているのは、恋人である彼だ。一緒に寝ないかと誘われ、いいムードだったのに気づいたら朝なんてことは、もう数え切れない。一応、弁明させてもらうなら、恋人の隣ほど安眠できる場所もないのだ。寝起きは超スッキリだし、まさに充電完了といった気分だ。

だが、二十代半ばの成人男子としては、それもどうかと反省している。

それでも不幸中の幸いというか、有り難いことに寝つきのいい恋人を持つ英国紳士は、そんな状況を楽しんでいる、と微笑んでくれる。ジェイクいわく、常に紳士であることを試され、自分を褒めたくなるそうだが、意味はよくわからない。

ともかく、そんなこんなで学生寮の仲間たちに見送られ、ほろ酔いのいい気分のまま、仁志起はお好み焼きと納豆を抱えて、ジェイクとともに帰路についたのだった。


「あれ、ライトがついてる……フランツが帰ってるのかな？」

並んだ車の向こうに見えた家の灯り(あか)に、仁志起とジェイクは顔を見合わせる。

週末の夜だし、フランツがデートで遅くなるなら、家でジェイクと二人っきりだな、と期待していた仁志起は内心がっかりしたが、そんな気持ちは表に出さずに堪えた。

だが、ジェイクは玄関の鍵(かぎ)を取り出しながらウインクを投げてくる。

「また振られたのかもしれない」

「えー？　今の彼女はつきあい始めたばっかりだよ」

「傷が浅くて済む」

ひっでー、と突っ込みながら仁志起も笑ってしまう。ジェイクも毒舌が冴えているし、もしかしたら二人っきりになれず、がっかりしているんだろうか？

そうだとしたら、フランツには申し訳ないが、ちょっと嬉しいと思いながら、仁志起は玄関前にあるポーチの階段をリズミカルに上がった。

仁志起たちが住むのは、HBSから歩いて十五分程度の住宅街にあるタウンハウスだ。左右対称になった建物は中心が壁で区切られ、二世帯が別々に住めるようになっていて、海外ではよくあるセミデタッチド・ハウスという構造だ。

ちなみに、この家の反対側に住むのは、ボストン市内のバークリー音楽大学でピアノを教えるチャーリー・バートン先生だ。奥様も声楽家で、長男はピアノ、次男はフルートを吹く音楽一家であり、音がうるさいのかも、と気になったが、そんな心配は無用だった。一家の愛犬が騒がしく吠えることもない。

不思議に思っていたら、この家のオーナーが音楽関係だから防音対策がしてあるのだとバートン先生に教えてもらった。おかげで家の中では少しも気にならないし、じっと耳をすますと何か聞こえるかも、といった程度だ。

今夜はどうだろう、と目を閉じながら耳をすましてみると、ハアハアという荒い鼻息が聞こえる気が——いや、むしろ、どんどんと近づいてくるような気がすると思った瞬間、何かが仁志起の足に飛びついた。

「……うわっ！　オライオン、おまえか！」

仁志起の足に前脚をかけて鼻先を押しつけてきたのは、バートン・ファミリーの愛犬、ゴールデン・レトリーバーのオライオンだった。

「また抜け出してきたのかな？　ニシキが帰ってきた音を聞きつけて」

「マジで？　ワンコの耳すげえな！」

ジェイクが笑っている横で、仁志起は飛びついてくるオライオンをなだめた。

なにしろ、大型犬の上にちょっと太りすぎで体重が五十キロ近いし、モフモフな金色の毛並みが膨張して、仁志起と大きさが変わらないのだ。しかも見かけるたびに撫(な)でたり、遊んでやっているせいか、やたらとなつかれてしまった。

確かに、仁志起は金髪が好きだ。生まれて初めての恋人も金髪だ。

だが、だからといって金色と名づけられているものが、どんなものも好きかというと、それはまた別の話だ。もちろん、なついてもらって嬉しいが、しかし！

「ほら！　家に戻れよ、オライオン！」

仁志起が言っても、ようやく足元にお座りをしたオライオンは、ニコニコといった顔で見上げてくる。おかえり、お出迎えしたぞ、さあ褒めろ、という表情だ。しかも仁志起が手に持っているビニール袋に、ぐりぐり鼻先を押しつけるので、ジェイクが苦笑しながら注意を促す。

「気をつけて、ニシキ。オライオンが袋を狙ってる」

「……あ、ダメだってば！　これはめちゃくちゃ貴重なお好み焼きなんだぞ！」

あわてて仁志起が手にしていたビニール袋を高く掲げても、うんしょ、とオライオンは大きく背伸びをして、必死になって匂いを嗅ごうとする。おいしい匂いがするんだな、と苦笑しつつ、ふと思いついた仁志起はオーガニック納豆のパックを取り出し、黒々とした犬の鼻先に近づけてみた。すると、やはり独特の匂いが漂っているようで、オライオンはくしゃみをし、目を丸くしながら顔を背けた。

おお、ワンコのくしゃみ、可愛い、と思ったが、しつこくやったら動物虐待だ。

そんなわけで、ひとまず食べ物が入っているビニール袋をジェイクに預かってもらい、仁志起はしゃがみ込んで、わしわしと両手で金色の毛並みを撫で回した。

おまえの出迎えには感謝してるぞ、と大げさに褒めてやりながら、たっぷりと身体中を撫でてやると、ようやく満足したのか、オライオンは、バウっと嬉しそうに吠えた。

「さあ、いいだろう。帰るんだ、オライオン」

そう命じるジェイクに大きな耳が動く。ちゃんと聞いている意思表示だ。

オライオンは、わかってますよ、と答えるようにジェイクの足に毛皮を押しつけてからポーチの反対側に向かった。そちらにバートン・ファミリーの使っている玄関があって、ペット・ドア――愛犬専用の出入り口もあるのだ。

金色のモフモフがちゃんと家の中に戻ったことを確認してから、ジェイクは自分たちの玄関の鍵を開けると苦笑気味に呟いた。

「彼は本当にニシキを出迎えに来たんだな。かなり気に入られてるね」

「えー、そっかな？　だけど、オレの言うことなんて、ちっとも聞かないよ？」

今だって、ジェイクの言うことにはちゃんと従って帰ったし、とぼやきながら仁志起はジェイクからビニール袋を受け取り、家の中に入った。まずはストックするお好み焼きを急いで冷凍しなければ、と玄関ホールから灯りが見えたキッチンのドアを押し開く。

だが、その途端、仁志起は固まった。

キッチンに抱き合う人影があったからだ。いや、抱き合っているだけじゃなく、キスの真っ最中だった。ドアの開く音で、彼らもあわてて身体を離していたが。

すると、凍りついてしまった仁志起のすぐ後ろから、ジェイクが遅ればせながらドアを大げさにノックしながら言った。

「失礼。お邪魔だったかな？」

「……いや、平気だよ。おかえり」

取り繕うように答えたフランツは振り向き、申し訳ないと苦笑を浮かべる。その長身に隠れるように黒髪の女性も顔を背けた。けれど、耳まで真っ赤になってしまった仁志起は硬直したままだった。こんな場面に耐性がないのだ。

もともと、映画とかTVドラマでもラブシーンは苦手だ。

自分に恋人ができて、キスとか、それ以上をするようになっても、やっぱり苦手だし、留学してからリアルなキスシーンを目にすることが増えても、どうしても慣れない。

海外では恋人同士や夫婦、異性でも同性同士でも、オープンな場所で当たり前のようにキスしたり、抱き合ったりするし、そういうものだと理解しようとしているが、いまだに鋭意努力中だ。

すると、そんな仁志起の最大の理解者でもある英国紳士の恋人は、まだ硬直する背中を励ますように優しく叩いてから、フランツに冷ややかに告げる。

「僕の記憶が間違っていなければ、共同生活を始める時に、共有するスペースでは親密な行動を慎むと約束したはずだが」

「ごめん。帰ってきたことに気づかなかったんだ」

「隣の犬は足音だけで迎えに出てきたぞ」

「悪かったって……それより、オライオンはまた出迎えに来たんだ？」

ジェイクの容赦ない叱責にもめげずに、フランツが苦笑しながら問いかけてくるので、仁志起は無言のままで頷く。まだ顔は熱いが、いつまでも自分が恥ずかしがっていると、フランツの彼女も困ると思ったのだ。

しかし、奥にいた彼女は突然、フランツに向かって日本語で言った。

「あのワンちゃん、オライオンっていう名前なの？」

「そうだよ。ニシキに、すごくなついてるんだ。だから、僕たちが彼の話をしていたら、裏庭に出てきたんだ。その証拠に、しばらく探してもニシキの姿が見えないとわかると、さっさと帰っちゃっただろう？」

名前が聞こえたから、いるんじゃないかって誤解しちゃったのね、と笑う彼女に頷き、フランツは英語に切り替えると、仁志起とジェイクに説明した。彼女と一緒に帰ってきて仁志起の話をしていたら、窓の向こうに金色の尻尾が見えたのだと。

それを聞き、ジェイクは肩をすくめる。

「オライオンは引っ越しの日に偵察に来て、僕とフランツが家具の搬入で忙しかった間、ニシキが裏庭で遊んでくれたから、すっかり気に入ってしまったんだろう」

「えー、あれで？」

顔の熱がようやく引いた仁志起が問い返すと、ジェイクがにっこりと微笑んだ。どうやら、犬の話題なら加わると思って、わざと話を振ってくれたようだ。こんな時のジェイクには本当にかなわない。

ともかく仁志起の硬直が解けると、フランツが彼女を紹介してくれた。

こんばんは、はじめまして、とごく普通の挨拶を交わし、語学留学中だという女性は、さっきのことなど何もなかったように、にこやかに話しかけてくる。

「あのね、今夜、お邪魔したのは、ご飯を炊くのに失敗したってフランツに聞いたから、何か手助けできるかもしれないって思って」

「ニシキも困ってたし、彼女なら原因がわかるかもっていうから寄ってもらったんだよ。ほら、日本のことわざで袖振り合うも貴重な縁と言うだろう?」

フランツも言い訳をするように口を挟んでくるが、あいかわらず、日本語がうまいのに微妙な言い間違いをかますので苦笑するしかない。貴重じゃなくて多生だよ、と仁志起が心の中で突っ込んだ横で、やだー、フランツ、ことわざまで知ってるなんてすごーい、とほがらかに笑っている彼女は器が大きい。

ともかく、彼女は炊飯器の使い方を説明しながら、親身になって助言をしてくれたし、お好み焼きを冷凍するのも手伝ってくれた。ただ、気になるのは、彼女がずっと日本語で話していることだ。仁志起は日本人だし、フランツも日本語が堪能だ。しかし、ここには日本語がわからないジェイクもいる。こんな時は、なるべく英語で会話するべきだ。

実際、学生寮のお好み焼きパーティーでは、ジェイクがいるので、日本人ばかりでも、ほとんど英語だった。それが礼儀だ。けれど彼女は平然と、ジェイクを無視して日本語を使っている。それを詫びることもない。

会話の相手は仁志起だし、炊飯器の説明なんだし、と思っていることがわかるので何も言わないが、彼女もフランツと長続きしないだろうな、と感じてしまう。

（だって、フランツがつき合うのって、こんな女の子ばっかりなんだよな……この彼女で何人目かもわかんないくらいで）

当のフランツは、キッチンと続き間になったダイニングでジェイクと話し込んでいる。その横顔は、なかなかのハンサムだ。ジェイクとは違って、ちょっとくすんだ金髪だが、長身で体格がいいし、成績だって常にもっとも優秀なカテゴリー1、しかもバーガーズの御曹司だし、日本語だってペラペラなのだ。ボストンに留学したばかりの日本人女性が、親切にしてもらったら恋に落ちるのも当然だろう。

ただ、モテるわりには、呆れるほど長続きしなかった。

あっという間に、振るのか、振られるのか、次々と相手が変わっていく。

しかも彼とのつき合いも、もう一年以上になるわけだが、その次々と変わる相手が全員日本人女性だということもつけ加えておきたい。

ジェイクやシェイク・アーリィは、そんなフランツを分析し、日本人である亡き祖母を慕うあまり、困っている日本人女性を放っておけず、それを恋愛と錯覚している、という仮説を立てている。

確かに、どの交際相手も、少々危なっかしくて手を貸してあげなくては、と思うような日本人女性ばかりなのだ。そのせいか、語学留学やら、ワーキングホリデーでボストンに来たばかりという相手が多いし、まだ英語も上手に話せない彼女たちにとって、日本語でコミュニケーションが取れ、親身になってくれる金髪のハンサムは、まさに白馬に乗った王子様なのかもしれない。そして、どんな経緯で別れるかは知らないが、ボストンに来る日本人女性は常に一定数いるせいか、相手が途切れることもないのだ。

（フランツはいいヤツだし、友人としても尊敬してるんだけど……女性の好みというか、このつき合い方だけは首を傾げるってゆーか、亡くなった日本人のおばあちゃんだって、空の上で心配してるんじゃないか？）

そんなことは大きなお世話だと思うが、それでも仁志起は考えずにはいられない。

ただ、これに関して、ジェイクは意外と冷ややかだった。

性癖なんて自分で決めたり、変えたりできるものではなく、フランツ自身が問題意識を持たなければ意味はないと一刀両断だ。それも一理あると思ってしまうあたり、仁志起もジェイクには弱い。そもそも自分だって勉強が大変だし、日本人会主催の講演会ゲストも見つからないし、他人の恋愛に口を挟んでいる場合でもないのだ。

仁志起が溜息をつきそうになると、時計を見た彼女がそろそろ帰ると言い、車で送るとフランツがキーを出した。家の正面に停まっていた見慣れない車が、フランツが友人から借りた車だったようだ。

仁志起はあらためて彼女に礼を言い、ジェイクと玄関ポーチまで見送りに出た。

二人が乗った車を見送ると、仁志起はなにげなく呟いた。

「殿下のリムジンだと家の前が狭く感じるけど、４ＷＤだと余裕だね」

「リムジンは大きいし、いつも多少はみ出して路上駐車になってるからね……そういや、この前、他の車が通れないからって移動させられていたよ」

「あ、それ、聞いた！　殿下もシークレット・サービスに文句をつけたんだって。ここに来るために目立たない小型車が欲しいって」

　それってなんか違うよね、と笑いながら二人は家の中に戻った。

けれど、不意に腕をつかまれ、ジェイクに抱きしめられてしまった。

　仁志起は訝しげに言った。

「……ジェイク、ここは玄関ホールだよ？　共有スペースでは親密な行動を慎む約束だとフランツに言ったのは、ジェイクじゃなかった？」

「それは、あくまでも建前だとフランツが証明してくれたな」

　笑いを含んだ声で囁きかけてくるジェイクはすまし顔だ。ああ、ふざけてるんだな、と仁志起は気がついた。だったら、つき合うか、と仁志起からも両腕を回して抱きつくと、苦笑気味に呟く。

「つーか、オレとジェイクが迷惑をかけないように決めた約束なのに、フランツばっか、文句を言われてるよね？」

「まったくだ。あんな約束はいらなかったと思っているに違いない」

そんなことを大真面目に囁きかけるジェイクは、仁志起を抱きしめつつ、前髪とか額にキスを繰り返している。されるがままの仁志起も口元が緩むばかりだ。なんといっても、玄関ホールで抱き合ったり、キスをされるなんて初めてだから、ドキドキするというか、めちゃくちゃスリリングだった。

それにしても本を正せば、この家に恋人同士プラス1という三人で暮らすことになり、共有スペースで親密な行為に及ばないというルールを決めたのだ。もちろん、それぞれの個室では自由だ。各自の判断に委ねられる。

だが、蓋を開けてみると、仁志起はこの通り、恋愛経験値がないに等しく、成人男子にあるまじきシャイな性格だし、礼儀正しい英国紳士であるジェイクは礼節を重んじるので人目のある場所では自重し、過剰なスキンシップはしない。

そのせいか、ルールに抵触するのは、フランツばかりなのだ。いきなり出くわしたのは今夜が初めてだが、ニアミスに近いことは何度もあり、気まずい場面を見るのも嫌だが、見られるのも勘弁してほしい仁志起は、鼻の頭にキスをされながら我に返る。

「ね、ねえ、ジェイク！　まずいよ」

「何が？」

仁志起の顔中にキスを繰り返し、ジェイクは笑いを含んだ声で問い返してくる。

さすがに、ふざけている場合じゃないだろ、と仁志起は答えた。

「だ、だから！　こんな玄関ホールで抱き合ってるなんて、まずいってば！　フランツが帰ってきちゃったら……」

そう訴えながら抗（あらが）っても、ジェイクは微笑むばかりだ。抱きしめる腕も解（ほど）いてくれず、キスを続けている。鼻先から頬に、さらに耳朶（みみたぶ）を甘嚙（あまが）みするようにキスをされ、仁志起は身をくねらせた。耳はものすごく弱いのだ。

「ジェ、ジェイクってば！」

「だいじょうぶ」

「……だ、だいじょうぶじゃないって！」

「いや、だいじょうぶなんだ。フランツは今夜、帰ってこない」

そう断言し、ジェイクは微笑むが、仁志起はキョトンとしてしまう。

「か、帰ってこない？」

「ああ。さっきのお詫びだと」

ジェイクは茶目っ気たっぷりのウインクをしながら答える。

電気炊飯器を見せる間、ジェイクとフランツが二人で妙に話し込んでいると思ったら、そんな裏取引というか、密談をしていたらしい。黙っているなんてひどい、と拗（す）ねても、ジェイクは笑うばかりだ。あわてる仁志起を楽しんでいたらしい。英国紳士は意地悪だ。いや、悪趣味というべきか？

だが、仁志起がふてくされていると、ジェイクはご機嫌を取るように顔を覗き込んで、そっと口唇を重ねてくる。最初は触れるだけで、重ねては離れ、離れては重なり、次第に歯列を割って熱い舌先がノックするように滑り込む。

ジェイクは、キスがとてもうまいのだ。

ごまかされるのは嫌だと思っても、ごまかされてしまうくらいに。

他の人がするキスは知らないけれど、とにかく仁志起はジェイクとキスをしていると、夢見心地になってしまう。しかも教えてくれた人がいいのか、最初はされるがままだった仁志起も、最近はおねだりができるようになった。口唇が離れそうになると、追いかけて自分から口唇を押しつけるのだ。すると、ジェイクは再び、キスをしてくれる。しかも、どんどん深くなって、甘くなっていく。

まるで、金色の泡が途切れることなく舞い上がる極上のシャンパンを飲んでいるような気分になって、今も目がくらむような心地よさに酔いしれ、キスに没頭していた仁志起は足元がおぼつかなくなって、ジェイクの胸にもたれかかった。

するとと、ジェイクがキスをしながら囁く。

「……ニシキ」

「ん？」

「今夜は僕の部屋で寝ないか？」

ジェイクのところで寝るというのは、とどのつまり、そういうことだ。

この家の二階には三部屋あって、歩道に面した部屋はフランツ、反対側の裏庭に面した部屋はジェイクのベッドルームになっている。もう一部屋、ちょっと狭い個室があるが、そこは全員で使う物置になり、仁志起だけはハシゴのように急な階段を上がった先にある細長い屋根裏部屋をベッドルームにしていた。

屋根裏部屋は斜め天井が高くて、閉塞感がないところが気に入っているのだ。ただし、気に入っているわりには運び込むのが大変だったベッドで寝ることは少ない。ジェイクの部屋に泊まることが多いからだ。

今夜も甘い誘いに頷こうとしてから、ふと仁志起は気づく。

「……あ、ダメだ！　すっごく行きたいけど、明日はサッカーの親善試合だし」

そうなのだ。明日の午後は、ＨＢＳの草サッカー・チームが、近隣の大学の似たようなチームと親善試合をする予定なのだ。しかも、チームのキャプテンであるセルゲイ念願の親善試合だから、万全の体調で向かいたい。

しかし、そんな仁志起の気持ちは伝わらず、ジェイクは首を傾げる。

「親善試合があるからダメ？」

「う……うん、だって」

「だって？」

不思議そうに問い返され、仁志起は口ごもった。

しかし、はっきり言わなければ通じないらしいと腹を括る。

「だ、だって、ジェイクと合体ってゆーか……ええっと、その、一緒に寝ちゃった翌日に走り回ると、痛いわけじゃないんだけど、なんか違うから、だから本番の試合でも全力で走れなくなっちゃうと思うからッ！」

仁志起は真っ赤になって訴える。今にも顔から火を噴きそうだ。

けれど、ジェイクは青い目を丸くして絶句していた。

よっぽど意外な返事だったらしいが、仁志起だって言いたくなかった。

でも、この前、寝坊した朝に自主的に練習した時にも微妙な違和感があったし、翌日に予定があっても控え目にすれば平気だと思い、ジェイクの部屋に泊まるたびに、浅はかな自分を殴りたくなるのだ。なにしろ一度、ジェイクと抱き合ったら、仁志起は控え目とか頭の中から吹っ飛んでしまう。

「あ、あの、オレ、めちゃくちゃ気持ちよくなっちゃうからダメなんだよ！　ジェイクと合体すると夢中になっちゃうから、明日は試合だからセーブするとか無理だし、だから、すっごく、すっごく行きたいんだけど……」

そこまで訴えてから、仁志起は寄り添う身体が震えていると気づいた。

「……ジェイク？」

名前を呼ぶ仁志起の声はどことなく尖っていた。それもそうだろう。英国紳士の恋人は必死に我慢しているが、どう見ても笑っているのだ。上目遣いに睨みつけると、あわてて表情を改めようとしたが、あまり成功していない。

それでも、仁志起がヘソを曲げているのはわかっているようで、わざとらしい咳払いを繰り返し、片手で眼鏡の位置を直しながら取り繕うように言う。

「とりあえず、ニシキの心配はわかった。だったら、今夜はしないよ」

「……しない？」

「ああ、そうだよ。だって、ニシキの言うところの、ええっと……その、合体するだけが気持ちいいわけじゃないだろう？　それこそ、二人で一緒に寝て、キスしたり、ベッドで寄り添っているだけでも、僕は嬉しいし」

怪訝な顔をする仁志起を見下ろし、ジェイクは微笑む。

「……それに、そんなに可愛いことを言われて、今夜は別々に寝るなんて無理だな。僕は今すぐ、ニシキを抱き上げて自分のベッドに直行したいよ」

その囁きとともに再び、口唇が重なる。とろけるような甘いキスだ。

ふわりと頬をくすぐる金髪にドキドキするし、あらためて強く抱き寄せられ、頭の中は真っ白というか、キラキラと輝くシャンパン・ゴールドに染まってしまう——こんな時、英国紳士の恋人は最強だ。

思わず、仁志起も喘ぐように呟いた。

「オ……オレも」

「ニシキもベッドに直行したい？　まさか、僕を抱き上げて？」

笑いを含んだ声で訊かれ、仁志起はまたしても真っ赤になってしまった。

だが、楽しそうに輝いている青い目を見た途端、からかわれたままでは悔しくなって、なんでもいいからやり返したくなる。

「……そ、そうだよ！　オレが抱き上げてッ！」

そう言い返した仁志起は、ジェイクを問答無用で肩に担ぎ上げた。

不意を突かれた長身があわてても、その腰を力まかせに抱きかかえたまま、バランスを取りながら階段を駆け上がる。

「ニ、ニシキ！　怖いぞ、これは……！」

「だいじょうぶ！　オレは絶対に落としたりしないから！」

そう断言し、ジェイクを担ぎ上げたままで二階の彼の部屋に向かった。

これでも仁志起は武道家だ。伊達の黒帯ではない。

前にも、ジェイクを持ち上げたことがあったし、背負い投げはできるんだから担げると確信していた。二十センチほど身長差があり、お姫さま抱っこはバランスが取りづらくて危ないが、肩に担ぎ上げるなら楽勝だ。

二階に上がった仁志起は、ジェイクの部屋のドアを押し開けると、まっすぐにベッドに向かい、担ぎ上げた長身を転がすように落とした。すると、上下逆さまにされたせいで、赤くなった顔のまま、ジェイクは爆笑していた。

「……ニ、ニシキ、きみって最高だ」

「それって褒め言葉？」

「もちろん」

仁志起が仁王立ちで問い返すと、ジェイクは金髪を振り乱して頷く。

いつもはシニカルに微笑むような英国紳士を、ここまで笑わせると達成感があった。

満足した仁志起がベッドに膝をつきながら身を乗り出すと、すぐさま、ジェイクの手に抱き寄せられる。上半身を起こしたジェイクの膝に載せられて、あらためてキスをすると頭の中は真っ白に——いや、キラキラと輝くような金色に染まっていく。

そんなわけで、仁志起はひとつ賢くなった。

ジェイクと抱き合って、繋がり合うのは最高に気持ちがいいけれど、そうしなくても、ちゃんと気持ちがいいと知ったのだ。

2

「すっげえー、おそろいのユニフォームだ！」

思わず、仁志起は大声を出した。

気持ちよく晴れた青空の下、親善試合を控えて、シャッド・ホール脇にある球技場で、草サッカー・チームのキャプテンであるセルゲイと落ち合うと、そこにはメンバー全員のユニフォームがあったのだ。

フィールドの横にある観客席のスタンドに、ハーバード・クリムゾンと呼ばれる深紅のTシャツが並んでいて、その胸にはハーバード・ビジネススクールの大きなロゴがあり、背中には選手の名前と背番号がついている。

「……あ、ジェイクのだよ、これ！」

スタンドのベンチの上にずらりと並べられている一枚をつかんで、仁志起は一緒に来たジェイクに渡した。

その背中には〈Earl of Hardington〉――ハーディントン伯爵と入っている。

「ありがとう、ニシキ……それにしても、どうして僕は称号なんだろう？」

ジェイクが訝しげに呟くと、ニシキとセルゲイも首を傾げながら顔を見合わせた。

「かっこよかったから？」

「オレにもわからん。アーニャがやってくれたんだ」

アーニャというのは、セルゲイのパートナーであるアンナのことだ。

文字が多いから大変だっただろうに、と気遣うジェイクはまさに英国紳士だが、確かに他のメンバーはファーストネーム表記だし、そんなに長い名前は見当たらない。

だが、並んだユニフォームの中に自分のものを見つけた仁志起は、ふと気づいた。

「……あ、間違ってる」

背中にある文字は〈NISIKI〉――Hが足りなかった。

横から覗き込んだジェイクも気づいて、セルゲイの肩を叩く。

「セリョージャ、綴りが間違ってるぞ」

「え？　マジか？　アーニャ、名前が間違ってるって！」

セルゲイが背後に向かって声をかけると、スタンドのそばでユニフォームを広げていたセクシーな赤毛の美女が悩ましげに身をくねらせながら叫んだ。

「ホントに？　あんなに何度も確認したのよ！」

「だから、徹夜で作業なんてやめろと言ったのに……」

「でも、あなたたちの練習動画、素っ裸で走り回ってるんだもの！　あんな姿を見たら、チームのユニフォームを用意しなきゃって思っちゃうわ！」

　ヒステリックに言い返すアンナは目がつり上がっていて怖い。セクシーな美女が怒ると怖ろしさも倍増だ。セルゲイも肩をすくめるが、仁志起は果敢に口を挟んだ。

「違うよ、素っ裸じゃないよ、上半身だけだよ！　それに昨日は練習試合のチーム分けがわかりやすいように脱いでただけだし……」

「ニシキが脱いでるなら、上半身だけでも素っ裸と変わらないわ！　ほら、見せなさい、どこが間違ってるっていうの？」

　理不尽に責められながらも仁志起がユニフォームを差し出し、文字が抜けている部分を示すと、アンナはまたしても身をくねらせながら叫んだ。

「ホントに間違ってるじゃないの！　ごめんなさいね、すぐに直すわ」

　すぐに直せるんだ、と驚いているうちに、アンナは仁志起のユニフォームをつかんで、スタンド裏に回る。あわてて追いかけていくと、そこではアンナに巻き込まれたらしく、数人が忙しそうに手を動かしていた。

　その中に知っている顔を見つけて、仁志起は声をかける。

「ヤスミン！　こんなところで何やってんの？」

「あら、ニシキ！　ユニフォームの準備に決まってるじゃないの！」

昨日の夜から手伝ってるの、もともと今日の親善試合も観戦予定だったし、と微笑むとスタディ・グループのメンバーだったヤスミンは肩をすくめる。

詳しく話を聞いてみれば、昨日の練習試合の動画がSNSで公開され、それを見かけたアンナが素っ裸なんて恥ずかしいと騒ぎ出し、セルゲイが親善試合ではTシャツの上から背番号つきのビブスを着ると説明しても聞く耳を持たなかったそうだ。

そんなことがあって、アンナが急遽、おそろいのユニフォームを用意して、友人知人に声をかけて背番号をつけたらしい。

「……あ、このユニフォーム、どっかで見たことがあるって思ったら、ハーバード大学のショップに並んでるお土産用Tシャツか！」

まさか今、気づいたの、鈍すぎるわ、とヤスミンから突っ込まれ、仁志起は周囲にいた仲間たちにも笑われた。けれど、そんな話をする間も、ヤスミンはアンナから受け取ったユニフォームのロゴを引き剝がし、名前のアルファベットを正しく直し、小型アイロンで貼りつけていく。この名前用の転写プリント作りで、アンナは徹夜したそうだ。

ヤスミンの作業を見ていると、ユニフォームに着替えたジェイクが近づいてきたので、ふと思い出した仁志起は訊ねてみた。

「ねえ、ジェイクの背中って、どうして名前じゃないの？」

「名前じゃないって？」

訝しげに問い返されて、仁志起は隣に来たジェイクを促し、背中を向かせる。

すると、ヤスミンも驚いたらしく、アンナに声をかけた。

「アーニャ！　ジェイクの背中、どうして称号のハーディントン伯爵なの？」

「だって、ジェイクでかまわないのか、それともジェイムズとかグレアムとか、もしくはスチュワートがいいのか、わからなかったんだもの～～！」

そう叫んだアンナは昨夜、ジェイクと連絡がつかず、確認できなかったので困った末の苦肉の策だと訴える。それというのも、おそるおそる中東の皇太子にも確認したところ、王族の尊称をつけたシェイク・アーリィという表記にするように返答があって、それなら貴族も称号でいいはずという結論になったようだ。

確かに、ジェイクは通称であり、フルネームはジェイムズ・グレアム・スチュワート・ウォードだと聞いている。ただ、ＨＢＳの教室の座席には名札が用意されるが、そこにはジェイク・ウォードと表記されているし、本名同様に使える通称らしい。

王族や貴族の呼び方、名前の表記は本当に複雑なのだ。

庶民である仁志起には、まったく縁がない世界で、いまだによくわからない。ちゃんと確認したアンナの行動は正しい。

（つーか、ごめん、アーニャ……昨日の夜、ジェイクと連絡がつかなかったって、オレとベッドにいたせいだよ）

そう独りごち、仁志起は両手で顔を覆った。

めちゃくちゃ顔が熱い。たぶん、真っ赤になっているに違いない。

昨日の夜、ジェイクの部屋に泊まった仁志起は、合体しなくても気持ちがよくなれると身をもって理解した。というか、身体中すべてに——そう、それこそ、どこもかしこもジェイクにキスされたような気がする。キスが上手だと思っていたが、ここまで上手とは知らなかった。なんだか、新しい世界の扉を開いてしまったような気分だ。

（いや、違うな。成人男子のくせに、オレが幼稚なだけかも……エッチな世界ってのは、きっと奥深くて当たり前なんだろうし）

仁志起も自覚しているのだ。自分が恋愛面で奥手だし、鈍いということは。

それだけに、こんな自分の生まれて初めての恋人になったジェイクは、本当にすごいと思っている。どう見ても、つき合う相手は選び放題で、引く手数多と思われる金髪碧眼のハンサムだし、よりにもよって自分を選ぶなんて酔狂だと思わないでもないが、それは当事者が言ってはいけないことだろう。

それに、ジェイクが言ってくれた言葉で忘れられないものがある。

仁志起にとって最初の恋人であることが嬉しいし、光栄だと思っている、と。

生まれて初めての恋人であるということは、いつでも手探りをしているような、とても困難な冒険に挑むような高揚感がある、と言い切ってくれたのだ。

幼稚な疑問に真摯に答えてもらった夜を思い出すたびに、仁志起の胸は熱くなる。

いや、胸だけじゃない——下半身も。

（……おいおい、これから試合なのにサカってる場合か、オレ）

そう自分自身に突っ込み、仁志起は顔を隠した手のひらの下で苦笑する。

しかし、合体しなくても気持ちがよかったが、合体したって気持ちがいいわけだから、それは相反しないし、両立するのだ。

（親善試合が終わったら……オレから、今夜はしたいって言ってもいいもんかな？）

そういった駆け引きというか、誘い方はいまだによくわからない。

ヤスミンの横に座り込んだ仁志起は、まだ熱っぽい顔を両手で隠しつつ、指の隙間から周囲を見渡すと、ジェイクは仲間たちと話していた。試合時間も近づいてきたので、もうシェイク・アーリィやフランツも到着していて、ユニフォームに着替えている。

授業がない週末だから、ＨＢＳのキャンパスには、いつもよりも人が少ないはずだが、デルタＢの三人がそろっていると、やたらと人目を引くのか、球技場の周囲にも見物客がどんどん増えてくる。

おそろいのユニフォーム——深紅のハーバード・クリムゾンには金髪がよく映えるが、同じ金髪でも色合いはそれぞれ違っていて、もっとも映えるのはジェイクの金髪かも、と仁志起の口元が緩んでしまうと、ヤスミンから声をかけられた。

「ニシキ、お待たせ！　できたわよ」

おう、サンキュ、と礼を言いながら、仁志起はユニフォームを受け取った。

今度はちゃんと背中に〈NISHIKI〉と入っている。背番号は11番だ。

ゴールキーパーのフランツは1番だったが、そこから実は身長順で番号を決めたので、仁志起は最後になったのだ。エースナンバーだし、まあ、いいかと思っているが。

（そもそも、身長でも体重でも……あ、あと身分の順でも最後だもんなー）

そう心の中でぼやきつつ、仁志起はユニフォームに着替えた。

ちょっとブカブカだが、これでもおそらく米国のレディース・サイズだろう。

クマ男のセルゲイなんて、メンズ・サイズの3XLでもピチピチだが、試しに仁志起が着たら肩まで出そうになるほど大きかった。ここまで体格差があったら笑うしかない、と仁志起が苦笑していると、球技場のゲートがにぎやかになった。

ついに親善試合の対戦相手が到着したようだ。

送迎バスを降りてきたチームの選手たちは、おそろいのスカイブルーのユニフォームに可愛い象のイラストがついている。タフツ大学のマスコット、象の〈ジャンボ〉だ。

親善試合の相手は、タフツ大学の草サッカー・チームなのだ。

セルゲイと対戦チームのキャプテンが握手をしながら挨拶を交わす間、フィールドには双方の選手が集まっていく。

仁志起も急いで向かおうすると、乱暴に肩をつかまれた。

しかも予想もしていなかった相手に。

「おい、待てよ！　久しぶりの再会なのに挨拶もないのか、黒帯のチビ」

「……はあ？」

仁志起が訝しげに振り返ると、そこに立っていたのはタフツ大学のユニフォームを着た巨体の白人男性で、なんだか顔に見覚えが、と思った瞬間——嫌な記憶が甦った。けれど仁志起が口を開く前に、すぐ横から冷ややかな声が聞こえてくる。

「ダン・マクレガー、何をしに来たんだ？」

「ご挨拶だな、見りゃわかるだろ？」

仁志起の横に立ったジェイクに向かって、ニヤニヤと笑いながら言い返してきたのは、ＨＢＳを中途退学したダン・マクレガーだった。

仁志起がボストンに到着した留学初日、アクシデントがあって、予定していた学生寮の部屋に入れず、途方に暮れていた時に、隣にいるイギリス人が気にくわないと部屋替えを訴えてきたのが、このダンだ。

ダンが出ていったことで空いた部屋に仁志起が入ったわけだが、その時、彼が神経質なイギリス人と評したのが、ジェイクなのだ。

ただ、もちろん、ジェイクにはジェイクの言い分がある。

入寮初日から部屋に友人を集めて、昼夜かまわずに騒いでいたダンは、寮のほとんどの住人から顰蹙を買っていたらしい。隣部屋だったジェイクが文句を言うのも当然だろう。

というか、ダンは一事が万事、自分勝手で迷惑な男だった。

部屋を出た翌朝、それも明け方から荷物を運び出すといって押しかけたり、ラウンジで絡んできたり、とにかく不愉快極まりない。高校や大学ではアメリカン・フットボールの花形選手だったらしく、いわゆるスクールカーストの頂点にいたようだが、そんな自分に誰もがひれ伏し、従って当然という態度につき合う義理などない。

仁志起も我慢せず、ダンからしつこく絡まれた時には、さっさと背負い投げをかまし、巨体を床に転がしてやった。ただ、それをやったのが混雑したスパングラー・センターのラウンジだったので目撃者が大勢いて、あっという間に噂が広がって黒帯のサムライとかニンジャとか呼ばれるようになってしまったが。

仁志起自身、腹が立ったとはいっても先に手を出したことは猛省したが、背負い投げを決めた後は、恨みがましい目を向ける程度で近づかなくなってくれたのでホッとしたし、中途退学したと知った時も、学校との相性もあるからな、と思ったぐらいだ。

けれど、ダンはニヤニヤと意味ありげに笑いながら、仁志起を見下ろしてくる。

「おい、なんだよ？　そんなに驚くほどオレに会いたかったのか？」

「……はあああああ？」

どこをどう考えたら会いたかったとか、そんな不気味な言葉が出てくるのか、まったくわからなかったので、仁志起は呆れ返るばかりだ。

そのうち、ダンに気づいたらしく、スタンドの観客もざわつき始めた。

なんといっても、一年ほど前は同じキャンパスで勉強していたのだ。今は対戦チームのユニフォームを着ていても。

主審のホイッスルがフィールドに響き渡ったので、仁志起はベンチに眼鏡を預けてきたジェイクに促され、チームの仲間が続々と集まってくるセンターサークルに急ぎながら、声をひそめて訊ねる。

「ねえ、ジェイク。なんでいるの、あいつ？」

「こんなことを告白するのは情けないが、世の中には僕にもわからないことがあるという学びを得たよ」

大真面目に答えたジェイクが肩をすくめるので、仁志起はうっかり噴き出した。

すると、ジェイクもつられたように微笑み、さらに続ける。

「わかることといえば……ＨＢＳを退学後、タフツ大学に入り直したのかな？　あれでも彼はアイビーリーグ出身の優秀な学生のはずだし」

それを聞き、仁志起は目が回る気分になった。

どんなに優秀でも、二度と関わりたくないというのが本音だ。

なにしろ、センターサークルに両チームが整列し、挨拶をしてから、先攻後攻を決めるコイントスをする間も、ダンはニヤニヤと笑いながら仁志起を見ているのだ。正直いって気持ちが悪い。しかも、ホイッスルが鳴って試合が始まった途端、自分のポジションとは無関係に、やたらと仁志起をマークする。

「おい、チビ！　けっこううまいじゃないか、逃げ足も速いし！」

いちいちうるせえ、と思いつつ、仁志起はダンだけじゃなく、相手チームの選手の間をくぐり抜けるようにしながらボールを蹴り、すばやく攻撃を仕掛けていく。ダンを筆頭に相手方も体格のいい選手が多いし、序盤は小柄な仁志起を侮っている。その油断を突き、すばやく最初のゴールを決めると観客は盛り上がった。

歓声を浴びつつ、先制点を上げた仁志起がジェイクやセルゲイ、シェイク・アーリィとハイタッチを交わすと、またしてもダンが近づいてくる。

「チビ、いい気になってんじゃねえぞ！　そうやって、オレを煽ってることは、ちゃんとわかってるんだからな！」

「はあああああ？」

ハイタッチをしただけで、いい気になっていると言われても答えようがない。

仁志起が呆れていると、ダンはさらに何か言おうとしたが、ボールが回ってきたので、呑気に聞いている時間はなかった。

だが、ボールを蹴りながら走り出しても、仁志起の背中に叫んでくる。

「オレはお見通しだぞ、おまえの思惑なんて！」

（……思惑ってなんだよ？）

仁志起は首をひねるばかりだ。ダンが何をお見通しなのか、さっぱりわからない。

そもそも、仁志起は小柄で童顔ということもあって、いちいち怒っていられないほど、一方的に見下されたり、小馬鹿にされたり、理不尽に軽視されることが多い。

勝手にしろよ、オレはオレだ、と今では開き直っているが、幼い頃はいじめられたり、からかわれたりするたびに悔しかったし、だからこそ、外見だけで判断するような相手に負けるもんか、と武道に励んできた。

そして、そんな日々を過ごしてきたからこそ、わかったことがある。

弱そうに見えるから侮ってくる相手には共通点があるのだ。

やたらと年齢や出身、学歴を確かめたり、上下関係にこだわり、常に集団の中で自分がどの位置にいるのか、気にしているタイプが多い。

（まあ、昔から俺様系には絡まれることが多かったけど、完全に舐めてかかってるから、オレがやり返した途端、逆恨みされることも少なくないんだよなー）

そう独りごち、仁志起は溜息をつきたくなる。どうやら、衆人環視の中で背負い投げを食らい、自尊心が傷つけられたダンは逆恨みコースまっしぐらのようだ。

フィールドでも嫌味を言い、ラフプレーは当たり前で、瞬く間にイエローカード二枚、レッドカードで退場になってもヤジを飛ばしてくる。

それも、仁志起やジェイクが近づいた時だけ、罵詈雑言を吐くのだ。自分と同じように巨体なクマ男セルゲイや、フィールド横にシークレット・サービスが待機するシェイク・アーリィが一緒にいる時は素知らぬ顔だ。みっともないというか、図体がデカいわりには小心者かよ、と言ってやりたいが、はっきりいって関わりたくない。

ジェイクも似たような気分らしく、無視を決め込んでいるが、それがいっそう火に油を注ぐ結果になっているようで、ダンの態度はさらに悪くなり、観客席も冷ややかな視線を向けていた。

ダンがいたせいで、さんざんな親善試合になってしまったが、ひとまずHBSチームが勝利し、先制点のゴールを決めた仁志起がMVPとなり、双方のキャプテンからビールを奢ってもらえることになると、またしてもヤジが飛んできた。

「また素っ裸で踊れよ！　十四億ドルの男！」

そう叫び、ダンはゲラゲラと品のない笑い声を上げる。

仁志起が呆れて無視すると、相手チームのキャプテンに謝られてしまった。

「本当に申し訳ない。あんなヤツだとは知らなくて……他のメンバーも驚いてるんだ」

そんな話を聞き、仁志起も驚いた。

キャプテンいわく、タフツ大学の草サッカー・チームも人数ギリギリで、ダンは昨日、突然、親善試合に参加させろと仲間二人と加わったらしい。

さすがに、キャプテンから謝られると、仁志起のほうが恐縮してしまう。

迷惑行為をしているのはダンだし、チームが悪いわけではないし、むしろ巻き込まれて気の毒だ。それだけに誰もが呆れたように帰り支度をして、さっさと球技場を出ていく。

これから着替えて親睦会というか、合同の飲み会の予定があるが、この状況ではダンは誘われないだろう。

だが、球技場の中にいる人が減ってきても、ダンはいまだにベンチにふんぞり返って、左右に従えた仲間と、周囲に響き渡るような大声で笑っていた。

それもジャパン・トレックの動画の話で盛り上がっているのか、これ見よがしな大声で繰り返すのだ。

「いやー、笑ったよ、あの黒帯のチビが脱ぎ始めた時は！　踊ったり、宙返りをしたり、素っ裸でよくやるよな！　それに何度、宙返りをしたと思う？　素っ裸で！　三回だぞ、三回！　三回も宙返りするか？」

どんなに無視されても、ダンは嘲るような口調で続ける。

さすがに、仁志起がうんざりした気持ちで振り返ると、ダンは満面の笑みを浮かべて、左右の仲間に問いかけるように言った。

「なあ、あんなチビが十四億ドルの融資契約を成立させたなんて信じられるか？　そんなビジネス、楽勝すぎるだろう。むしろ、お偉いヤツの前でも素っ裸になって、ケツに一発決めてもらって可愛がられたんじゃないか？」

ガキが好きって危ないヤツも多いからな、と聞くだけで不愉快なことを楽しげに言い、ダンはゲラゲラと笑う。いい加減、仁志起の我慢も限界になってきた。それってつまり、オレが枕営業をしたと言いたいのか、と殴りかかるべきなんだろうか。だが、怒ったら相手の狙い通りという気がする。というよりも、ダンの目的がわからない。

わざわざ、自分から出ていったHBSのキャンパスに乗り込んで親善試合をぶち壊し、ケンカを売って、彼にどんな得があるんだろう？

（……つーか、想像もつかねーよ、あいつの考えてることなんか）

そう独りごち、仁志起は顔をしかめた。

ダンは遠巻きにされても気にすることもなく、いまだに大声でまくし立てている。

「素っ裸で十四億ドルだと！　三度の宙返りってことは、一回なら五億ドルか？　そこで脱いでやってみせろよ、五億ドル、払ってやるぞ！」

そうけしかけて、ゲラゲラと笑うダンに呆れ返っていると、すぐ横から冷ややかな声が聞こえてきた。

「……あいかわらず、きみは騒々しい男だな」

そう吐き捨てたのは、ジェイクだ。

走り回って乱れた金色の前髪の下から、かけ直した眼鏡越しに青い目がよく見えるが、その色が凍りつきそうなほど冷たい。いや、どう見ても、ものすごく怒っている。

というか、赤毛の美女が怒ったところも怖かったが、金髪碧眼の美形であるジェイクが怒っても、めちゃくちゃ怖い。

その怒りが自分に向けられたものでなくても、仁志起は戸惑うばかりだ。

すると、ジェイクは仁志起の腕をつかみ、さっさと行こうと促してくるが、ダンも顔を真っ赤にしながら言い返してきた。

「おい、待てよ！　オレが騒々しいっていうなら、そっちは神経質だろう！　こうるさいイギリス人め！　それに、まだオレが話してる最中だぞ、失礼じゃねーか！　そのチビを連れていくなッ！」

「心外だな。きみから失礼だと言われるなんて……失礼とは、どういう意味か、世界中に問いただしたくなるよ」

ジェイクの返事に、仁志起は噴き出しそうになった。まったく同感だ。ダンに失礼だと言われても、その言葉をそのまま返したくなる。すると、引きつった仁志起の顔を見て、ジェイクまで苦笑する。今にも笑い出しそうなことを見抜かれたらしい。

だが、そんな態度が逆上させたのか、ダンが声を荒らげた。

HBS
Harvard
Business School

「うるせえ！　世界中に訊いたって、このチビが素っ裸になって、三度も宙返りしたって明らかだろうが！　それも、ジャパン・トレックのパーティーの舞台で、ビールを何本も一気飲みした後で！　オレは何度も再生したんだ！」

ダンは居丈高に言い返し、オレは正しい、とふんぞり返っている。

けれど、ジェイクはこれ見よがしに笑い始めた。それも明らかに冷笑だ。

「妙に詳しいと思ったら、ヤスミンが公開しているジャパン・トレックの動画を、何度も繰り返して再生していたとはね」

返事に窮するダンに、ジェイクは冷ややかに言いつのる。

「そんなに、あの動画が気に入ったのか？　それなら、あの場所にいて、リアルタイムでニシキの宙返りを観た僕を、さぞかし、うらやましいだろう。僕も自分の幸運に感謝し、きみのくだらない嫌味は聞き流すことにしよう」

それを聞き、球技場の周囲にいた人々から失笑が漏れた。

しかも出入り口のゲートで、こちらを心配そうに見守っていたヤスミンも、フランツが止めるのも振り切って叫ぶ。

「いい加減にしなさいよ、ダン！　三度も、三度もって繰り返すけど、ニシキの宙返りは公開してる動画の中では三度だけど、もっとやってるんだから！　わたしが撮影しながら数えただけでも五回よ！」

そんな突っ込みに笑い声が聞こえて、仁志起は頭を抱えたくなった。

だが、ヤスミンは意を決したように仁志起とジェイクの元に駆け寄ってくると、ダンを怒りもあらわに睨みつける。

彼女も絡まれたことがあるし、怒る気持ちはよくわかるが、ダンの行動を思い返すと、常識が通じない上に会話が成り立たない。つき合うだけ時間の無駄だと思った仁志起は、ヤスミンを促し、ジェイクにも目で合図を送ると背を向けた。

しかし、その途端、苛立った大声に呼び止められる。

「……待てよ、オレの話は終わってないぞ！」

知るか、と思った仁志起は足を止めなかった。ヤスミンを安全な場所に連れていくのが先だ。けれど、ふと気がつくと、ジェイクがついてこない。あわてて振り返ると、ダンが呼び止めたのはジェイクだったらしい。

ダンは癇に障る声で笑い、ジェイクの背中を指さす。

「ハーディントン伯爵なんて、背中に堂々と背負っていて恥ずかしくないのか？　オレは聞いたんだからな、おまえと同じイギリス人から！　当時は、すごい騒ぎだったっていうノーザンバー公爵家のスキャンダルを！」

その言葉とともに、周囲は水を打ったように静まり返った。

誰もが耳をすましている空気を感じ取り、ダンはいっそう大声で叫ぶ。

「殺人かって警察が乗り込んでくるのも当たり前だよな！　代替わりしたばかりの公爵がいきなり死んで、弟に爵位が転がり込んでくるなんて……その運がいい次男坊ってのが、おまえの親父なんだってな」

　親父が公爵になると、その長男が自動的に後継者になって伯爵を名乗ると聞いたぞ、といかにも聞きかじったばかりという知識をひけらかし、ダンは続ける。

「なあ、教えてくれよ！　いったい、どんな気分なんだ？　親戚が死んでくれたおかげで伯爵になるってのは」

　嬉々として問いかけるダンは周囲から注目を浴び、勝ち誇るように見えた。確かに今、周囲の誰もが彼を見ていた。

　もちろん、息を呑んだ仁志起も。

　そして、同時に――ダンを冷ややかに睥睨するジェイクを。

「……それで、あたしは我慢ができなくなって父親に訴えたの。兄弟は仲良くしろって、まず兄貴たちに言ってちょうだいって」

　昼下がりの教室には真剣な声が響き渡った。

「あたしの努力を踏みにじって台無しにしたのは兄貴たちだって……でも、そう言っても誰も変わらなかった。だから、あたしは家を出るためにビジネスを始めることにしたの。最初は何をするにしてもお金が必要だしね」

そう熱弁をふるうのは、アフリカ系フランス人のレナ・マルローだ。

六人兄弟の末子として生まれた彼女は、幼い頃から甘やかされた兄たちの失敗を見て、それを許す両親にも嫌気が差し、一人で生き抜くためにビジネスを学んだというが、そう決意したのが十歳というからすごい。

仁志起が小学校でいじめられ、半べそをかいていた頃に、家を出るには金が必要だし、そのためには少しでも儲かる仕事を見つけなければ、と考えを巡らせていたと聞き、目が丸くなってしまう。

(だって、十歳のオレが考えてたことなんて、いじめっ子の連中に見つかりたくないとか給食に嫌いなものが出ないかってことぐらいだったし)

そう独りごち、仁志起は昼食のホットドッグにかぶりつく。

すり鉢状に傾斜がつけられた教室は、正面にある教壇を底にして学生のデスクが扇状に広がっているが、今は授業ではなく自由参加のイベントなので誰もがランチを食べつつ、セクションメイトが語る半生に耳を傾けている。

これは〈My Take〉――マイテイクという恒例行事だ。

単位がある授業ではないが、昼休みを使って集まり、どこで生まれ育ち、どんな経緯で留学し、これから何を目指すのか、学生本人がスピーチすることで、セクションメイトと自分の経験を共有するイベントなのだ。

ＨＢＳは世界中から学生が集まる国際色豊かな学校だけに、その半生を聞くのは非常に興味深い。なにしろ、ここはビジネススクールだが、学生のバックボーンは多種多様だ。投資銀行や証券会社などの金融関係、コンサルティング・ファーム出身の学生がもっとも多いが、意外にも医師や軍人、弁護士やジャーナリストも少なくない。だから、ドイツの御曹司とかアラブの皇太子がいたり、英国貴族が紛れ込んでいても、おかしくないのかもしれない。

そう考えてから仁志起は顔を曇らせる。

週末の親善試合を思い出して、複雑な心境になってしまったからだ。

あの後――そう、ダンがつまらないことを言い出してからというもの、キャンパスでは十五年前に起きた英国での出来事が関心を集めていた。今の時代は、なんだってネットで検索できるからだ。たとえ、十五年前の出来事でも。

おかげで知りたくないと思っても、さまざまな情報が勝手に耳に入ってくる。

なにしろ、ジェイクはシェアメイトだし、セクションも一緒だし、いくつも同じ授業を選択しているだけに、誰もが仁志起と親しいと知っている。

そのせいで仁志起の顔を見れば、口をそろえたように問いかけてくるのだ。

ノーザンバー公爵家のスキャンダルは本当なのか、と。

（……つーか、知るかってか、十五年前、オレは日本の東京下町に住む平凡な一般市民の小学生で、イギリス国内でどんだけ大騒ぎでも知ってるはずねーよッ）

心の中で毒づき、仁志起は頬杖をついた。

でも、これは八つ当たりだ。噂話をしたがる友人知人が悪いわけじゃない。

誰だって気になる。ジェイクはデルタBの一人で、キャンパスの有名人なのだ。

ただし、同じ有名人であるシェイク・アーリィは王族だから気軽に噂話をできるような相手ではないし、フランツは話を振られようと、きっぱりと拒否するらしい。そうなると誰もが、もっとも話しかけやすい仁志起の元に押しかけてくる。

知らない、わからない、と繰り返しても信じてくれない。仁志起なら、きっと本人から事情を聞いていると勝手に決めつけられても困る。

（……だって、あれからジェイクとは一度も、まともに話してないし！）

仁志起は拗ねたように口唇を尖らせた。

こちらは八つ当たりじゃないはずだ。自分には不機嫌になっても許される正当な理由があると思う。というか、以前から英国紳士の恋人はちょっと秘密主義だと思っていたが、ちょっとどころではなかったようだ。

あの日、親善試合が終わった後――やたらと絡んできたダンが、ノーザンバー公爵家のスキャンダルなどと言い出し、球技場周辺に残っていた人々は騒然とした。

ただ、ジェイクの反応は冷ややかだった。なにしろ完全無視だ。

無表情で踵を返すと、戸惑う仁志起やヤスミンを促して、球技場を後にした。

背後で、ダンが煽るようなことを叫んでも無視を貫き、さらに着替えてからの飲み会もちゃんと参加した。周囲からの気遣うような空気も礼儀正しく無視して。

だから、その晩は誰も話題にしなかったし、できなかった。

ジェイクや、ノーザンバー公爵家のことなんて。

しかも、飲み会から帰ると、ジェイクは頭痛がすると一人で部屋に引き上げてしまい、仁志起は途方に暮れるしかなかった。

ダンは卑怯だった。ジェイクは会うたびに嫌味を言われると言っていたから、いつか言い負かしてやると、ずっと思っていたのかもしれない。そうでなかったら、十五年前の出来事なんて、ダンだって知るはずもないだろう。きっと、わざわざ調べたに違いない。

その晩、仁志起は自分のベッドで考えた。

いつだって、仁志起がやらかして意気消沈した時、紅茶を淹れて励ましてくれたのは、ジェイクだった。悩んだり、迷ったりした時も二人で一緒にお茶を飲み、急かすことなく話を聞いてくれて、助言をもらった。

だからこそ、こんな時には、ジェイクの力になりたかった。

ただ、自分が何をすればいいのかわからなくて、それについて考える前に寝つきのいい仁志起は寝落ちしていた。

しかも翌朝、遅刻ギリギリに目が覚めたのだ！

階下に駆け下りると、朝食を食べ終えたジェイクとフランツが出かける支度をしつつ、寝坊した仁志起を起こしてやるべきか、相談していたところだった。五分で出られるなら借りた車に乗せてやるとフランツが言ったので、仁志起は下りてきた勢いのままに階段を駆け上がり、全速力で着替えて戻ってきた。

機転を利かせたジェイクが仁志起の分の朝食を持ってきてくれたので、車の後部座席に乗り込んでから、あわてて食べたというか、車内では食べることに忙しかった。ＨＢＳのキャンパスまで十分もかからないからだ。

ジェイクは助手席で、運転するフランツと今日の授業の話をしていた。

なんとか食べ終わった仁志起は、キャンパスに入ったところで車から降ろしてもらい、午前中、別の授業を受ける二人とは別れた。

そんなふうに新しい一週間が始まり、なんというか、ジェイクは普段通りだった。

ダンの言葉で傷ついたり、落ち込んでいるような様子もなかった。ジェイク本人は何も変わらないように見える。

ただ、周囲はそうならなかった。

ＨＢＳのキャンパスには、さざなみのように噂が広がっていた。

もちろん、今までもデルタＢの三人は有名だった。彼ら三人がそろっただけで、自然と周囲の視線が集まって遠巻きにされていたが、今はちょっと違っている。

仁志起はよくわからなかったが、ドイツ人であるフランツや、中国系であるヤスミンはまことしやかに言う。アメリカは若い国で、ヨーロッパ諸国のような古い歴史がないから由緒正しい王国とか王族、貴族が大好きなのだと。

もちろん、そのゴシップやスキャンダルも。

だから、誰もがノーザンバー公爵家のスキャンダルに飛びつくのだと。

そのおかげで、当時の情報がネットでいくらでも出てくるようで、知ろうとしなくても仁志起の耳にまで入ってきてしまうのだ。

だが、要約してしまえば、ゴシップでもスキャンダルでもない。

第八代ノーザンバー公爵が亡くなって、その跡取りだった長男である第九代が急死し、次男が爵位を継いで第十代となり、その長男であるジェイクが跡取りになると決まって、ハーディントン伯爵という称号を受け継いだ――それだけのことだ。

ただ、その公爵家が英国屈指の名門貴族であり、資産の総額は九十億ポンド、日本円に換算するなら約一兆二千億円だっただけだ。

（……いや、すげえ金額だし、それだけってことはないか）

そう独りごち、仁志起は苦笑する。

けれど、あれこれと耳に入ってくる噂話を聞いていると、それはいったい誰のことだと思ってしまうのだ。

仁志起は冬期休暇中、イギリス北東部を訪れ、ジェイクの家に泊めてもらい、家族にも紹介してもらった。便宜上、家と呼ぶが、正しくはお城で、家族というのも名門公爵家のご当主夫妻とご令嬢、ご子息ではあったが、それでも自分が会ったのは、どこにでもいる愛情深い両親と仲がいい兄弟姉妹だった。

第十代ノーザンバー公爵は黒縁眼鏡をかけた紳士で、大学の教授みたいだと思ったら、本当に地質学の先生だったし、金髪碧眼の美しい公爵夫人、レディ・アイリスは庭師とか造園家というような仕事を持つワーキング・マザーでもあった。

貴族なのに働いているんだ、と驚いたが、公爵令嬢であるジェイクの二歳上の姉エマも普通の事務職だというし、一歳下の妹イヴリンも保育士だ。

未来の公爵であるジェイクもソーシャル・ビジネスを志しているし、年が離れた末弟のジェイミーは、まだパブリック・スクールに通っているが、大人になったら父親のような研究職よりも兄のように世界を飛び回りたいと夢を語っていた。

そんな家族を知っているだけに、仁志起は複雑な気分になってしまう。

ネットで見つかる当時の新聞記事には、実の兄である先代を殺して爵位を奪ったとか、公爵家の中で虐げられていた次男は金銭にうるさい守銭奴で、爵位を継ぐと跡取りである自分の息子の資産も盗み取ったと書かれていたそうだ。

しかし、その公爵にノーザンバー・カースルを案内してもらったが、ハリウッド映画の撮影に使われた場所を、ここはあの映画、あちらは別の映画、と指さしながら教えつつ、城塞の基礎になった大昔の教会の土台を示し、地質も説明してくれた姿を思い出すと、仁志起は首を傾げるしかない。

（……だってさ、朴訥というか、学者然としたジェイクのお父さんが殺すとか盗むとか、ちっともイメージが結びつかないし）

これが名門貴族の公爵サマかと驚きつつも、本物の上流階級らしいと思ったのだ。

なんというか、高い身分や莫大な財産があっても、ごく普通に自然体でいられるほうがすごいような気がするというか、それこそ自分が宝くじが当たって大金持ちになったら、ハイテンションで騒いで、周囲に知らせまくり、成金丸出しで奢りまくって、散財するに決まっている。

（……いや、もし宝くじで高額当選したら、まずは留学費用の足りない分を貸してくれた親父とか、ばあちゃん、親戚に借金返済だな）

妙に冷静になって現実的に考えてから、仁志起は溜息を漏らした。

ジェイクと出会ってから、もう一年が経っている。もう一年とも思うが、まだ一年とも思う。それは、やたらと濃い一年だったからかもしれない。

出会った直後には大失敗もしたが、紆余曲折があった上で、ついには恋人になった。

だから誰よりも近いところで、ジェイクを――彼という人間を見てきたんじゃないかと自負しているが、そんな仁志起の目から見ると、今のジェイクは以前と変わらないように見せかけているだけで、ぴしゃりと心を閉ざしているように思える。

何が違うって、常ににこやかに微笑んでいるのだ。あれは、おそらく愛想笑いだ。顔は笑っていても青い目は凍てつくように冷ややかで、少しも笑っていない。

それに、すました顔で冗談を言うこともなくなった。

ジェイクが大真面目な表情や口調でふざけなくなったら、こんなに寂しく感じるなんて自分でも意外だった。いつも、つき合ってやるか、と偉そうに思っていたが、自分だって楽しんでいたということだ。だから今は寂しい。そう認めるのが切ないが。

（……っていうか、このまんまでいいはずないって思うけど、オレ、どうしたらいいか、まったくわかんないし）

そう独りごち、仁志起は頭を抱え込む。くだらない相手からつまらないことを言われ、誰にも知られないように隠しながら、ジェイクは傷ついている――だから支えたいのに、その方法がわからない未熟な自分が情けなかった。

自分が迷っていた時、ジェイクはいつも手を差し伸べてくれたのに。

そして、その優しい手に何度も助けてもらったのに。

己の不甲斐なさに口唇を嚙みしめていると、不意に教室で拍手が沸き起こった。

ぼんやりと考え込む間に、レナのマイテイクが終わっていたらしい。仁志起はあわてて拍手をしながら、自分の半生を語り終わったレナに目を向ける。十五分ほどのスピーチと質疑応答が終わると、誰もがすっきりとした表情になる。経験者が言うには、自らの口で半生を語るマイテイクは、自分という人間を見つめ直せるいい機会になるそうで、彼女の誇らしげな表情を見ていると、なんだかうらやましくなった。

いや、むしろ自分は今、なんでもいいから、やり遂げたという達成感が欲しいのか、と気づいた。ジェイクのために自分ができることも思い浮かばないし、日本人会の講演会もいまだにゲスト・スピーカーが決まらないし、ソーシャル・ビジネスとか開発系の勉強も大変で、何もかも待ったなしで嫌になってくる。

それでも、塞ぎ込むのも嫌だし、仁志起は勢いをつけて立ち上がった。

マイテイクが終わったレナは教卓の前に立って、スピーチを讃えるセクションメイトに握手やハグを求められている。

それを微笑ましく眺めていると、このセクションCの委員長スコットが手を振りながら近づいてきた。

「ハイ、ニシキ！　ジェイクは一緒じゃないのか？」

「今日は同じ授業がないんだ」

そっけなく答えると仁志起は背を向けた。

こんな感じで声をかけられることが多いせいか、いい加減うんざりしているのだ。

住むところをシェアしているし、セクションは同じだし、同じ授業をいくつも選択し、こっそり恋人であっても、四六時中、一緒にいるわけではない。

確かに、ランチはほとんど一緒だったし、昼休みに行うマイテイクも、だいたい二人で聞きに来ていたし――それだけに、たぶん今日も、と待っていたのに、いつまでたってもランチの誘いはなく、マイテイクを行う教室に来れば会えるかと思っていたら、ここにもジェイクの姿はなかった。

今週はずっと、さりげなく避けられている気がする。

もちろん、家やキャンパスで顔を合わせれば、雑談程度の会話はある。

けれど、二人っきりになるような時間はなくなってしまい、ジェイクはほとんど一人で部屋に引きこもっているのだ。

ただ、その閉じたドアを力まかせに開こうとは思わない。

ジェイクの事情は知りたいが、無理に聞き出そうとは思っていない。

そもそも避けられているように感じるだけで、なんだか近づけなくなってしまう。

しかし、そんな自分は臆病なんだろうか？　それとも薄情なんだろうか？

自問自答を繰り返す日々に、うんざりしている仁志起が顔をしかめながら歩き出すと、スコットがあわてて呼び止めてくる。

「あ、ニシキ、待ってくれ！　折り入って、きみに相談があるんだけど……マイテイクをやってみないか？」

「オレが？　マイテイクを？」

意外そうに問い返すと、スコットは笑顔で頷く。

「実は再来週に予定していた二人のうち、片方の都合が悪くなって一人分空いてるんだ。そうしたら、十四億ドルの男の半生が聞きたいって要望が出てきたんだよ」

にこやかに誘われても、仁志起の顔は強張ってしまう。

サムライやニンジャも困ったが、この十四億ドルの男もめちゃくちゃ恥ずかしい。

それなのに、返事に窮するうちに、スコットはバンバンと仁志起の肩を力一杯叩いて、前向きに検討してくれよ、と笑いながら教室を出ていってしまった。

残された仁志起は困惑するばかりだ。自分の半生なんて話したくなかった。

それに、自分の人生を振り返るなんて一仕事だ。マイテイクでも資料や動画を作成し、セクションメイトに対して自分をプレゼンするような学生もいて、それはそれですごいと思ったが、やりたいかと問われたら首を振る。

だいたい今、仁志起にとって何よりも重要な案件とは、いまだにゲスト・スピーカーが決まっていない日本人会主催の講演会なのだ。

それを思い出し、仁志起はあわててメールの着信を確認する。

大学時代の恩師に紹介された大学教授からの返信が届いていたが、わざわざ学会先から丁寧なお断りのメールをいただき、恐縮しながらもうなだれてしまう。最後の頼みの綱も失われ、落胆も深い。

それでも急いで返信したかったので、教室棟のアルドリッチ・ホールから向かいにあるスパングラー・センターに移動して、午後のティータイムで混み合ったラウンジの片隅に陣取り、ノートパソコンを開くとお礼メールを書く。なんといっても講演依頼のメールは無視されがちで、本人から返信をもらえるだけでも有り難いのだ。

ポチッと送信してから、仁志起は腕組みをしながらゲスト・スピーカー候補のリストを再検討し、唸るばかりになってしまった。

来年の春あたりなら、と言ってくれたゲスト候補がいるので、こうなったら開催時期の変更を相談するべきだろうか。そうでなければ、本当に師範代が紹介してくれた武道家を招き、ボストン・マッチ開催だ。講演会よりも招待試合のほうが集客は見込めるだろう。もちろん、なんでビジネススクールで招待試合かと問われたら、オレだって知りたい、と投げ飛ばすのみだ。

混雑しているラウンジの隅にあるソファに沈み込み、ノートパソコンを膝の上に開いた仁志起は、うつむきながら一人脳内作戦会議を行っていたが、不意に電話の着信があり、確認すると羽田先輩だった。

「……はい、佐藤です」

電話に出ながら、仁志起は首を傾げる。羽田先輩からの電話は珍しい。いつもは日本人留学生同士の連絡に使っているSNSのメッセージがほとんどだし、緊急事態発生か、と身構えると、羽田先輩は前置きもなく問いかけてくる。

『まだ講演会のゲストは決まらないか？』

「……はい。すみません」

もっとも答えにくい質問を直球でぶつけられ、仁志起も正直に答えるしかない。

だが、羽田先輩はどことなく楽しそうな声で続ける。

『おまえが、ラウンジでしょんぼりしてると文句を言われる身にもなってくれ。しかも、おせっかいな千牧や榊原の他に、黒河から証拠動画まで送られてきたんだぞ』

「……へ？」

思わず、仁志起はソファに座り直し、きょろきょろと周囲を見回すと、混み合っているラウンジの奥で手を振る橘や海棠と一緒に、スマートフォンで撮影している黒河がいて、その脇で榊原や千牧がこちらの様子を窺っている。

いつの間に、と思うが、いるんだったら声をかけてくれよ、とも思う。

「つーか、待ってください！　なんですか、動画って！」

『それはいいから、まだゲストが見つかっていないようだったら知らせたい情報がある。ジャパン・トレックで物流ターミナルを見学に行ったハルナ運輸……あそこの榛名社長のご長男で今度、専務取締役になった榛名岐一さんって覚えてるか？』

「は、はい、もちろん！　ジャパン・トレック中、東京のパーティーでお目にかかって、ご挨拶させていただきました」

『榛名岐一さんはオレが通っていた私立至恩学院の先輩で、あそこからＨＢＳに留学した一人目なんだ……来週、彼が出張でボストンに立ち寄る。滞在は二日間、そのうち一日はゴルフの予定だって』

はあ、と気の抜けた相槌を打ち、仁志起は首を傾げた。荷物持ちが必要なんだろうか、それともコースを回る人が足りないのか、と考えていると羽田先輩が溜息をつく。

『その日は出張中の休日だが、朝から晩までゴルフのはずもないだろう？　夕方からでもかまわないなら時間を空けてくれるそうだ』

来週だから告知期間は短いけど、ＨＢＳを卒業して時間が経っていない先輩だからこそ聞ける話もあると思うし、とにかく連絡先を送るからオレに紹介されたと言ってくれ、と早口で告げると礼を言う隙もなく、羽田先輩の電話は切れてしまう。

それでも、仁志起は思わず、ありがとうございます、と言いながら、スマートフォンに向かって頭を下げていた。

なんというか、とにかく感謝しかない。

いつまでたっても、ゲスト・スピーカーが決まらない仁志起のことを気にかけてくれた羽田先輩にも——そして、おそらく、羽田先輩から頼まれて、忙しい米国出張中に時間を空けてくれた榛名岐一氏にも。

「おい、やめろよ。電話に向かって頭を下げるのは日本人だけだぞ」

不意に声をかけられ、仁志起が顔を上げると、橘や海棠、黒河が近づいてくる。ラウンジの奥で千牧や榊原も笑っているし、誰もが事情は察しているようだ。仁志起は恥ずかしくなって、顔を赤くしながら言い返した。

「う、うるさいな！　いいじゃんか、感謝の気持ちだよ。有り難いって思ったら頭なんて自然と下がるもんなんだよ！　ってゆーか、黒河サン、ひどいよ！　羽田先輩にいったいどんな動画を送りつけたんだよ！」

そんな八つ当たりをすると眼光鋭い黒河は何も言わず、自分のスマートフォンの画面を見せてくる。そこにはラウンジの大きなソファに埋もれるように座って、床までつかない足をブラブラと揺らし、うつむいている自分が映っていた。

確かにしょんぼりというか、情けない。

　仁志起が文句も言えなくなってしまうと、橘や海棠が乱暴に小突いてくる。

「奥様方とか、マジで心配して、羽田にどうにかしてやれってせっついてたから、あとで礼を言っておけよ」

「おお、モテモテだな！　ハグしたいとか、チューしたいとか、よく言われるだろ？」

「ないッス！　だいたいオレ、モテたことないし！」

　好き勝手なことを言われ、仁志起が言い返そうとした時、スマートフォンに羽田先輩のメールが届いた。榛名岐一氏の連絡先だ。すぐさま確認してから、からかう橘たちの声をＢＧＭに講演依頼のメールを送信する。

　そうするうちに、千牧が学食から淹れたての熱いコーヒーを運んできてくれた。

　榊原からの奢りだというので礼を言い、有り難くいただきながら、心の底からみんなに心配してもらったことを感謝する。

（……迷惑かけてごめんっていう気持ちと、心配してくれてありがとうっていう気持ちも両立するもんだし、相反しないんだな）

　そう気づいた仁志起は、ずっと心に引っかかっている恋人のことを考えた。

　仁志起が知る限り、ジェイクは常に冷静沈着で、勉強やビジネスに関しての状況分析は的確で間違いがなかった。それだけに今、自分のことがキャンパスの噂になって、周囲を心配させたり、迷惑をかけていると思っているんだろうか？

（迷惑……うーん、でも別にジェイクから迷惑かけられてないし？　心配はしてるけど、それはオレが勝手にしてることだし）

そう考えていると、またしても仁志起のスマートフォンに着信が入った。

榛名氏の返信だったら早すぎるとあわてるが、さすがに違った。それはフランツからのメールだった。しかし、すぐに目を通しながら仁志起は首を傾げる。

なにしろ、メールの全文はこうだ――アマゾネス来襲。即時帰投せよ。


「……だから、わたしは黙ってていいことなんて何もないと言ってるの！　気持ちって、伝えなかったら誰にもわからないんだから！」

仁志起が玄関ドアを開けた途端、よく通る声が響き渡った。

おずおずと家に入り、声が聞こえてきたリビングを覗き込むと、そこには見慣れた顔がそろっていた。真っ先に仁志起に声をかけてきたのは、ちょっと離れた位置で、みんなを見守るように座っていたジェイク・アーリィだ。

「やあ、おかえり、ニシキ」

「ただいま……ってか、どうしたの？　ここで朝の予習でも始めるの？」

訝しげに問いかけると、誰ともなく失笑が漏れた。

仁志起の帰宅を促したフランツも、シェイク・アーリィの横で肩をすくめる。

大きな暖炉があるリビングのもっとも奥にある、一人掛けのソファに悠然と足を組んで座っているのは、ジェイクだ。そして、彼に詰め寄るように立つのはリンダ、ジェイクのそばにある三人掛けのソファにはヤスミンが座り、そこに帰ってきた仁志起が加わって、毎朝、予習をしていたスタディ・グループのメンバーがそろったことになる。

だが、みんなが集まっている理由がわからず、キョトンとしている仁志起に向かって、ジェイクが苦笑を浮かべながら答えた。

「どうしたも、こうしたもないよ。僕が帰ってきたら、殿下が突然、リンダとヤスミンを連れて乗り込んできたんだ」

「それは違う。リンダとヤスミンが乗り込むというので、わたしが送ってきただけだ」

シェイク・アーリィがにこやかに訂正するが、たいして意味は違わない。

フランツが言うところのアマゾネスとは、リンダとヤスミンのことだったらしい。

仁志起が問いかけるように視線を向けると、ダークブラウンの長い巻き毛を邪魔そうに払い除けたリンダが、いかにも有能な弁護士といった雰囲気で、にっこりと微笑みながらウインクをする。

「これは事情聴取よ。証人尋問でもいいけど」

「とにかく、わたしは事情もわからないままで放っておかれるのは嫌なの！　ジェイクが黙っているから、わたしたちがあれこれ訊かれるんだもの！」

　ヤスミンが前のめりになって訴えるが、ジェイクは柔和に微笑む。

「黙っているも何も、話すことなどないんだが」

「ないわけないでしょ？　キャンパスでは誰も彼もが言いたい放題なのよ。ニシキだって訊かれるでしょ、ジェイクのことを！」

　そんなふうに話を振られても、仁志起は返答に困った。

　彼女たちが心配しているのはわかるが、こんなふうに詰め寄るのは賛成できない。それは心配の押しつけに思えるし、そのあたりは同意見なのか、シェイク・アーリィとフランツもオブザーバー的で口を開かない。すると、黙り込む男性陣に苛立ったように、ヤスミンが声を荒らげた。

「ジェイクに何も言うことがないっていうなら、それはそれでいいわ！　でも、わたしはいくらでもあるの、言いたいことが！　ダンには腹が立つし、キャンパスで噂話に興じる連中も腹が立って仕方がないの！」

「ヤスミンの言う通りよ。ついでに言っとくと、ノーザンバー公爵家だけじゃなくって、アルスーリア王室やバーガーズの創業者一族でも、無責任な噂を流すような連中がいたらわたしは怒り出すわよ」

リンダがふんぞり返って宣言するので、仁志起は目を丸くする。

それは心配の押しつけを通り越し、単なる身内びいきではないだろうか？

というより、ものすごく乱暴で強引だが、二人とも心配でたまらず、迷惑は承知の上で押しかけてきたらしい。そう思うのは仁志起だけではないのか、ジェイクは苦笑しながらお手上げだというように天を仰いでいるし、フランツやシェイク・アーリィもなんとなく嬉しそうだ。だが、そんな彼らを睨み、リンダはこれ見よがしに溜息を漏らした。

「もういいわ、言いたいことは言ったから……それより、ジェイク！　あなた、ちゃんと食べてる？　痩せたんじゃない？　しっかり睡眠は取ってるの？」

「まあ、寝不足ではあるけど、ちゃんと食べてるし、痩せてもいないよ？」

「この子の言ってること、本当かしら？」

リンダが疑うように問い返すと、ジェイクは大真面目に答えた。

「マザー・リンダ、僕は嘘つきじゃない。それに早寝早起きのいい子だよ……それより、あなたはいくつの時に僕を産んだんだろう？」

「六歳ね」

迷うことなく即答するリンダに、みんなが噴き出した。

ジェイクの久しぶりの冗談のおかげで、リビングの空気が一気に和むと、リンダが隣のキッチンに足を向ける。

「もういいわ。お腹が空いたから夕食にしましょう」

「だったら、デリバリーでも頼もうか？」

フランツが声をかけると、リンダは追い払うように手を振った。

「わたしが作るわよ。材料も買ってきたから、殿下の車から運んでちょうだい」

こうなると、もう誰も逆らうことなどできない。どこからか、エプロンまで取り出し、長い巻き毛を括ってまとめたマザー・リンダが司令官だ。

彼女に命じられるままに家の前に停められていたリムジンから荷物を運び、キッチンが一気ににぎやかになる。なにしろ、リンダはスタディ・グループのメンバーの最年長で、三児の母でもある既婚者なのだ。以前にも感謝祭のディナーに招待してもらい、おいしい手料理をごちそうになっているので、何を作ってもらえるのかと期待していると、今夜はお客さんじゃないんだから、と問答無用に手伝わされた。

ああ、やだわ、いかにも独身男が三人っていうキッチンね、と文句をつけながら料理を始めたリンダに命じられつつ、調理用バサミや皮剝きのピーラーを使い、みんなで野菜を次々と切っていく。英国貴族や中東の皇太子、ドイツの御曹司も例外ではないが、彼らは意外にも手つきがいい。はっきりいって慣れていない仁志起や、料理はしないと断言するヤスミンよりも手慣れている。

「三人ともすっげえ！　なんで？　どうして、そんなに上手なの？」

仁志起が驚きを隠さずに訊ねると、三人そろって肩をすくめる。

ジェイクは器用にジャガイモの皮を剝きながら答えた。

「パブリック・スクールの野営訓練でやっただけだよ」

「ああ、僕もボーイスカウトのキャンプで」

「わたしも似たようなものだな。砂漠では特別扱いされないし」

フランツやシェイク・アーリィも頷くので、いっそう驚くしかない。

仁志起も道場の合宿で下働きというか、雑用係として走り回った経験はあるが、料理はあまり手伝ったことがない。それこそバーベキューとか、お好み焼きとかもんじゃ焼き、つまり焼くだけだったらできるが、本当にそれしかできない。

しかも、リンダも三児の母だけあって、お手伝いの命じ方がうまい。

作業を効率よく分担し、進行状況を監督し、あっという間に、ガンボという肉や野菜がたっぷり入っている、とろみのあるピリ辛の真っ赤なスープとともに、ハニーレモン風味の豆と雑穀のサラダや、ハーブが効いたフライドポテトが出来上がっていた。

その上、このルイジアナ州の郷土料理だというガンボはライスを添えて食べるそうで、リンダは見よう見まねで、いまだに仁志起が使いこなせない電気炊飯器を使い、ちゃんとご飯を炊いてしまったのだ。

啞然とする仁志起だったが、このガンボがめちゃくちゃうまい！

アメリカ南部のソウルフードであり、いわゆるおふくろの味といったスープらしいが、ご飯にかけて食べるというのが、どことなく日本のスープカレーっぽくて、スパイシーな味わいも超好みだ。あまりにもおいしくて、仁志起は半べそをかきながら呟いた。

「……すっげえうまい。オレ、リンダんちの子になる」

「いいけど、うちは騒々しいわよ？」

あっという間に一皿目を平らげた仁志起に、ガンボのおかわりを渡しながら、リンダが肩をすくめると、横からヤスミンが口を挟んできた。

「ニシキだと年齢的には長男でも、身長的には三番目じゃない？」

「ああ、そうかも！　うちの息子ども、もうわたしと変わらない背丈だし」

それを聞き、仁志起は呻いた。十代前半で身長が母親と変わらないとはすごい。

こういったものを食べていると巨大化するんだろうか、と考えつつ、仁志起は二杯目のガンボに取りかかる。他のメンバーは、アメリカの家庭料理だったらアメリカのビールを飲むべきだと意見がまとまり、パントリーから出した缶ビールを飲み始めた。気づけば、ただのパーティーになってしまったようだ。

それにしても、スタディ・グループのメンバーで食事をするのは久しぶりで、なんだか嬉しい。去年は毎朝、顔を合わせていたので、それこそ家族に再会したような気分だし、みんなでわいわいと話しながら、熱々の料理を食べることも嬉しかった。

さらに、ちょうど今が旬だという洋梨がデザートに出てくると、シェイク・アーリィが気まぐれを起こし、インドの山奥にある茶園でもらった茶葉を使って、アルスーリア風のチャイを淹れてくれた。

お茶の文化は、本当に不思議だ。

同じお茶であっても、場所によって淹れ方や飲み方も変わり、呼び方まで変わる。

海を渡って広まったヨーロッパでは〈ティー〉と呼ばれているが、陸地伝いに広まった中近東では〈チャイ〉と呼ばれているのだ。

シェイク・アーリィが砂漠のベドウィンに教わったというお茶の淹れ方は、鍋に牛乳と茶葉を入れて煮出し、何種類ものスパイスや砂糖を加えてから漉して飲むというもので、独特の甘い香りが漂ってくる。

「……あ、うまい」

真っ先に味見をした仁志起が呟くと、シェイク・アーリィがウインクをする。

「この茶葉はチャイにも向いている。中東でも売れるだろう」

「茶園主のロンドヌさんに言っておくよ」

そう答えてから、仁志起はチャイを飲み干した。同じ茶葉を使っているのに、いつもの紅茶の味とは全然違うからおもしろい。スパイスや砂糖を加えただけで、こんなにも味が変わることが新鮮だ。

あら、おいしいじゃないの、とリンダとヤスミンも目を輝かせているし、コーヒー派のフランツもきれいに飲み干している。そして、紅茶にはうるさいジェイクも黙って静かに味わっていた。その様子を見て、シェイク・アーリィが身を乗り出す。

「どうだ、アルスーリア風のチャイは？」

「おそれ多いことに、殿下が手ずから淹れてくださったお茶だ。有り難いというよりも、もったいなくて涙が出るよ」

すました顔で大真面目に答えたジェイクは恭しく頭を下げる。

だが、シェイク・アーリィは舌打ちした。

「涙なんか出てないぞ？　それより、口には合ったのか？　合わなかったのか？」

「口に合わなければ飲まない」

そっけなく答えると、ティーカップを優雅に傾けているジェイクの横で、周囲が一斉に顔を見合わせる。

「……うわっ、ひどくない？　正直すぎるよ」

「でも、こんなことを殿下に言えるのは、ジェイクだけって気も……」

「殿下を甘やかすこともないしね」

「甘やかすなんてひどいじゃないか、マザー・リンダ」

「おだまりなさい、坊や」

SOUP

シェイク・アーリィの軽口を、リンダが即座にあしらい、みんなで大笑いした。

もちろん、ジェイクも笑っていた。久しぶりに見た明るい笑顔だ。

たったそれだけのことでも、いつになく楽しい夕食になった。

みんなで一緒に、おいしい料理を食べられるだけで、こんなにも楽しいことに気づき、
仁志起はあらためて感謝していた――乱暴に思えるくらい、強引に押しかけてきてくれたアマゾネスの二人に。


（ああ、どうしよう……つーか、なんでオレ、ここまできて怖じ気づくんだ？）

自分自身に突っ込みつつ、それでも仁志起は迷っていた。

すっかり夜も更けて、家の中は静まり返っている。

楽しい夕食の後、リンダはキッチンの後片づけまでちゃんと済ませてから、ヤスミンと一緒にシェイク・アーリィのリムジンで帰宅した。だが、勇敢なアマゾネスは帰る前に、こっそりと仁志起に囁いたのだ――いいわね、あとは頼んだわよ、と。

すぐそばで耳をそばだてていたシェイク・アーリィが意味ありげに微笑んでいたのは、仁志起のヘナチョコぶりを見抜いていたのだろうか？

しかも、みんながいなくなった途端、ジェイクはさっさと二階に上がり、自分の部屋に戻ってしまった。おかげで、なんとなく振り出しに戻った気分だ。

さらに仁志起が風呂（ふろ）に入っている間に、フランツまで出かけていた。

風呂上がりに何か飲もうと、パジャマ代わりのTシャツとハーフパンツ姿でキッチンに行ったら、冷蔵庫にメモが貼られていたのだ。呼び出されたので今夜は戻らないかも、と話すほどうまくない日本語で、仁志起に宛（あ）てて書いたメモには追伸までついている。

今夜はベルガー家御用達（ごようたし）のハーブティーをお勧めするよ、と。

目を向けてみれば、テーブルの上にティーバッグの大箱が置かれていた。

以前、フランツから教えてもらった話では、ドイツのお母さんは家族の健康を考えて、効能が違う何種類ものハーブティーをキッチンに常備しているらしい。

フランツが留学する際に持たされたのは、風邪を引きそうな時と寝つきが悪い時に飲む二種類だと言っていた。薬を飲むより、温かいハーブティーを飲むほうがリラックスし、よく眠れるし、翌日の朝はすっきりと起きられるという。どうやら、そのハーブティーを分けてくれたらしいが、仁志起は寝つきのよさには定評があるので特に、と考えてから、不意に思い出す。ジェイクが寝不足だと言っていたことを。

思わず、仁志起は腕組みをしながら天井を見上げてしまった。

だが、悩んでいるだけでは何も始まらない。

閉ざされたドアを強引にこじ開けるつもりはないが、開けてほしいと願っていることを伝えておくのも大切かもしれない。

　そう考えた仁志起は、お湯を沸かし、お茶の支度を始めた。

　大箱の外側には何ヵ国語もの説明書きがあり、おお、助かる、と思ったらバーガーズのロゴもあり、これはプライベート・ブランドだと気づいた。ベルガー家御用達というか、ベルガー家謹製だし、フランツのお母さんは愛社精神にもあふれているようだ。

　ともかく、ストレス緩和の効果があるというカモミール、ペパーミント、ラベンダーをブレンドしたノンカフェインのハーブティーは、パッケージを開くだけでも独特の香りが漂い、仁志起の気持ちまでやわらげてくれるような気がした。

　そんなわけで、トレーにガラスのティーポットとマグカップを二個用意した仁志起は、階段を慎重に上がって、ジェイクの部屋の前に来たが、そのドアをノックしようとして、急に怖じ気づいてしまったのだ。だが、ここでためらうのは自分でも情けない。みんなの後押しを思い出し、気合を入れる。

（……よ、よしっ！　拒否られた時には、オレが一人で飲み放題だ！）

　自分を奮い立たせるというよりも、やけっぱちで開き直った仁志起は、トレーを両手で持っていたこともあり、目の前のドアを肘でノックした。

　すると、ジェイクの返事が聞こえてくる。

「――どうぞ」

「ごめん！　手がふさがってるんだ。ドアを開けて」

あわてて言い返すと、人の気配が近づいてきて、ドアが静かに開く。

まだ着替えていなかったジェイクは、セーターとジーンズという普段着で、どことなく苦笑気味に見下ろしてくる。そんな顔を見たら、いろいろ考えてきたはずの言葉が頭から吹っ飛び、仁志起はしどろもどろになりながら呟くように言った。

「……あの、お茶をどうっていうか、フランツのお勧めで、ええっと、ノンカフェインのハーブティーを淹れたんだけど」

我ながら次第に弱々しくなる声がみっともないが、おずおずと見上げると、ジェイクはドアを大きく開いてくれた。それだけで、仁志起は救われるような気分になった。そう、追い返されなかったというだけで。

ジェイクから促されるままに部屋に入り、騒々しい音を立てないように気をつけながら運んできたトレーをローテーブルに置く。この部屋に入るのは一週間ぶりになるせいか、見慣れているはずなのに、ちょっと緊張してしまう。

部屋にあるのは、ほとんどキャンパスの学生寮にいた時から使っている家具で、どれも高級品ではなく、量販店で買ったというが、ナチュラルな無垢(むく)材ばかりで統一感があり、なんとなく居心地がよかった。

ドアを開けたところにソファが二つ、そしてローテーブルがあって、正面に並んだ窓は静かな裏庭に面している。左側の壁一面に書棚が並び、その前にライティング・デスクと椅子(いす)、反対側の奥まったところにはクローゼットとベッドがある。

フランツの部屋はドアを開くと、ドカーンと大きなベッドが置いてあって、その違いがおもしろい。間取りの関係もあるが、フランツいわく、ドアを開けたら、即座にベッドに倒れ込めるのがいいらしい。

その気持ちはよくわかるし、自分の部屋だったらフランツ案を採用するが、ジェイクの部屋のほうが落ちつけるというのも事実だ。

しかも、それだけでなく、ジェイクの部屋はいつも片づいている。

こんなふうに突然、部屋に入れてもらっても、授業で使う本や資料、ノートパソコンはちゃんとデスクの上に重ねられているし、上着とかバッグもハンガーラックにかけられ、仁志起のように脱ぎ捨てた服が部屋中に放り投げられていることもない。本人が言うには寮生活だったパブリック・スクール時代に鍛えられたそうだが、もともとの性格だろうと思っている。神経質ではなく、几帳面(きちょうめん)で生真面目(きまじめ)なのだ。

そのジェイクは、黙ったままで片手を伸ばし、礼儀正しくソファを勧めてくれたので、仁志起はおずおずと二人掛けのソファの隅に座った。すると、ジェイクはすぐそばにあるもうひとつの一人掛けのソファに腰を下ろす。

いつものように隣に座ってくれなくて残念だったが、黙り込んでいるのもおかしいし、この状況だと話を切り出すのはオレだな、と腹を括っても、うだうだと迷っている自分に腹が立ってくる。

もういいや、出たトコまかせで、と仁志起が勢いよく顔を上げた途端――ピピピッ、とスマートフォンがアラームを鳴らし始めた。

青い目を丸くしたジェイクに、あわてて説明する。

「ごめん、驚かせて！　オレ、ハーブティーってよくわかんなくって、十分は待ってから飲めって説明書きにあったから、タイマーをかけてたんだ」

そう言いつつ、仁志起がハーフパンツのポケットからスマートフォンを引っぱり出し、アラームを止めると、ジェイクは笑っていた。

「だったら、あとは僕がやろうか。フランツが勧めたということは、これはバーガーズのティーバッグなんだろう？　それなら品質は保証されてる。バーガーズのハーブティーは評判がいいんだ」

へえ、そうなんだ、と目を丸くする仁志起の前で、ジェイクはガラスのティーポットをつかんで、ゆっくりと静かに回すように揺らし、淡いイエローグリーンに染まった中身を均一に混ぜ合わせてから、二つ並べたマグカップに半分ずつ注ぎ分けてくれた。

真っ白な湯気とともに漂ってくるのは、ハーブ独特の香りだ。

ジェイクが視線で勧めてくれたので、仁志起はマグカップを手に取って、おそるおそる口をつける。さわやかで清々しさを感じなくもないが、おいしいとは思えない。ただし、薬だと思えばおいしいほうなのかも、などと考えていると、すっかり顔に出ていたのか、ジェイクが訊ねてくる。

「ニシキの口には合わない？」

「……いや、飲めないほどじゃないよ」

あわてて否定しても、ジェイクは楽しそうに笑っている。お見通しだと言わんばかりの笑顔が悔しいのに、なんだか妙に嬉しくなってしまう自分に戸惑っていると、ジェイクが立ち上がって、デスクの引き出しから何かを取り出した。

「これを入れてみて」

「……なにそれ？」

「ハチミツ。甘みを足すと飲みやすくなる」

そう答えると、戻ってきたジェイクはタブレット状に固められた親指大のキャンディを個別包装されたパッケージから押し出し、仁志起のマグカップに入れてくれた。これは、百パーセントの純粋ハチミツを固めた、のど飴のようなものらしい。

両手でくるんだマグカップを揺すりながら溶かし、あらためてすすってみると、確かにハチミツの甘みが加わっただけで一気に飲みやすくなった。

「……ホントだ。普通においしい」

　ぽつりと仁志起が呟くと、ジェイクは嬉しそうに微笑んだ。

　そんな笑顔はいつもと変わらない。ぎこちなかった一週間が嘘のように思えてくるが、意を決して来たこともあって、仁志起はマグカップを見つめながら切り出した。

「ねえ、ジェイク。話があるんだけどいい？」

　反応を窺うように上目遣いで見ると、ジェイクはにこやかな笑顔で頷いた。

　予想通りの愛想笑いだ。急にシャットアウトを食らったような気分だが、これぐらいでへこたれている場合ではない。

「えーと、あのね……オレが企画運営する日本人会主催の講演会、ゲスト・スピーカーがようやく決まったんだ」

　そう告げると、ジェイクは一瞬で愛想笑いではない笑顔に変わった。

「よかったじゃないか、ニシキ。それで誰に？」

「ハルナ運輸の榛名岐一さん……ジャパン・トレックで、国内最大級の物流ターミナルを見学させてもらったハルナ運輸は日本でも一、二を争う運輸会社で、この榛名岐一さんはＨＢＳの卒業生でもあるんだ」

「我々の先輩か、それは興味深いね。僕も是非、講演を聴きに行くよ」

「うん、ありがとう」

礼を言った仁志起は、さらに先を続けた。

「それでね、その榛名さんを紹介してくれたのは羽田先輩で……榛名さんは、羽田先輩の学校の先輩なんだけど……どうやら、オレが困ってるのを見かねた羽田先輩に頼まれて、引き受けてくれたみたいで」

というか、情けない話ではあったが、いつまでたってもゲストが決まらないので、他の日本人の同期生や、その奥様たちにまで心配されていたことを打ち明けても、ジェイクは優しく微笑んで、みんなに感謝だね、と言ってくれた。

うん、と力強く頷いた仁志起は、マグカップを置いてから居住まいを正し、あらためてジェイクに目を向ける。

「オレは羽田先輩だけじゃなくて、心配してくれた他のみんなにも助けてもらったんだと思ってるんだけど……なんて言うべきか、ええっと……そんなふうに、オレもジェイクを助けられる？」

そう告げた途端、驚いたのか、青い目が大きく見開かれる。

仁志起はあわてて言い訳をするように続けた。

「もちろん、助けるなんて言い方は大げさなんだけど……でも、サマーインターンの時、オレがたった一人で、インドの山奥で頑張っていた時に、ジェイクが駆けつけてくれて、助けてくれたみたいな意味で……」

けれど話せば話すほど、ジェイクの顔に驚きが広がっていく気がする。自分の気持ちを伝えるのは難しい。言葉にして、口から出た途端、意味が変わってしまう。

しかも、誰かの力になりたいという気持ちは、そんな力を自分は持っているのかという自問自答にも繋がる。身の程知らず、力不足といった言葉が、ぐるぐると頭の中を回り、顔を上げていられなくなった瞬間、そっと手をつかまれた。膝の上で握りしめていた拳をくるみ込むように。

仁志起が顔を上げると、ジェイクが微笑みかける。

それは苦笑気味ではあったが、けっして愛想笑いではない微笑みに思えた。

「……ありがとう、ニシキ」

「礼を言われるようなことはしてないよ、まだなんにも」

そう答えても、ジェイクは首を左右に振って、重ねた手をしっかり指先を絡めるように握り直してくれた。

その手のひらの熱を感じ、仁志起も力を込めて握り返す。

手を繋ぐと、ジェイクの気持ちが伝わってくるような気がした。

そう、言葉ではなく、ありのままの感情が。

こんなふうに自分の気持ちを伝えるやり方があると、仁志起は初めて知った——いや、もしかしたら、これは恋人だからこその方法なんだろうか？

それならそれで、自分はジェイクの恋人でよかったと思うし、ちゃんとジェイクの心のドアをノックできたのかな、と実感できることが嬉しくて、もう片方の手も重ねてから、しっかりと繋ぎ合う。

するとジェイクが深々と息を吐いてから呟いた。

「……ずっと、ニシキには話さなくちゃいけないと思っていたんだ。だけど、いざ話すと決めても、どこから話すべきか、そもそも本当に話すべきなのか、考えれば考えるほど、わからなくなって」

そんな途方に暮れたような声は珍しくて、仁志起は重ねた手に力を込めた。

ぐるぐると思い悩んで、迷ってしまう気持ちはよくわかるし、それでも自分に話そうと思ってくれたことを知って胸が熱くなる。

「ジェイクが話してくれるなら、どんなことでも聞くよ」

「どんなことでも？」

「うん」

言葉尻を捉えて問い返すジェイクは意味ありげな苦笑を浮かべるが、それでも仁志起はあえて力強く頷いた。ここは押しの一手だ。自分の直感がそう囁く。

そんな気持ちは伝わるのか、仁志起が両手でくるみ込んだ手にしっかりと力がこもり、ソファに深くもたれかかったジェイクは呟くように言った。

「……ニシキは知ってるかな、限嗣相続って」

「限嗣相続？」

「簡単に説明すると、世襲貴族の財産が分割されないように初代直系の男系男子、それも長子だけが相続できるという制度だ」

「えーと、つまり……遺産相続は長男の総取りってこと？」

「そういうことになる。僕の場合だと、父が所有する公爵家の財産は僕一人が受け継ぎ、姉や妹、弟にも一切分け与えない。何もかも僕一人だけのものだ」

「そ、それは……なんだか大変そうだね」

　思わず、仁志起は率直な感想を呟いてしまった。

　一人勝ちで丸儲け、全部オレのものだと喜ぶには公爵家の財産は大きすぎる。なぜなら巨額の資産を維持するには大きな責任も伴い、一人で背負うには重すぎるプレッシャーに思えるからだ。ジェイクのような性格だったら尚更だろう。

　すると、やはり当人も苦笑気味に頷いた。

「ああ、確かに大変なんだ。それでも世襲貴族にとっては切実な問題で……後継者となる男子が生まれなかったらもっと大変になるし、後継者が早死にしてしまっても困るから、願わくは後継者となれる男子が二人以上いるほうがより安全だと言われる」

「あ、安全って……あんまりだよ、そんな言い方」

つい仁志起が突っ込んでしまうと、ジェイクも苦笑を深める。

「そうだね。それでも、やっぱり後継者である長男は大切にされるし、次男はあくまでも長男の予備であり、いると安心できるが、いたとしても何も引き継げない……僕の父は、その次男として生まれたんだ」

そう語り、ジェイクの視線は宙をさまよう。見えない誰かを見つめるように。

「ただ、父は長男である兄……僕の伯父になるが、その伯父と兄弟仲はよかったし、父も自分は次男だったおかげで地質学の研究に打ち込めたと言っている」

肩をすくめるジェイクは微笑み、仁志起もつられたように笑ってしまう。

いかにも学者然としたジェイクのお父さんらしい言い分だ。

ジェイクの話によると、次男だから放任されていた父親はケンブリッジ大学で地質学を学んでいた頃、友人に招かれた王立園芸協会のフラワー・ショーで駆け出しの庭師として勉強中だった母親を紹介され、名門公爵家の次男と英国王室に繋がる伯爵家の次女という似通った境遇もあり、互いに惹かれ合い、学生結婚をしたらしい。

「ええっ、学生結婚だったの？」

「そうなんだよ。しかも、結婚して一年も経たずに僕の姉が生まれている。まあ、両親の主張によれば、姉はハネムーン・ベビーであって、けっして妊娠してしまったから結婚を急いだわけではないそうだが」

驚く仁志起に向かって、ジェイクは茶目っ気たっぷりにウインクする。

しかも二人目の長男と三人目の次女は年子だし、一人目と二人目が二年離れているのは働きながら学ぶ若い夫婦にとって、おそらく最初の子育てが大変だったからに違いないと親族中から、からかわれているそうだ。

「うわー、ジェイクのご両親、昔からラブラブだったんだねー！　オレが訪ねた時にも、いつも二人一緒で、めっちゃ仲がいいなって思ったけど」

「というか、昔から親族の間では有名なんだよ。変わり者の似たもの夫婦だと」

そう答えながら笑ったジェイクは、繋いでいた仁志起の手を強く握り返し、さりげなく放すと、マグカップを取った。仁志起も、自分のマグカップに残っていたハーブティーを飲み干すが、ぬるくなったせいか、甘みが強く思える。

ジェイクは喉(のど)を潤(うるお)しながら的確な言葉を探すように考え込んでいたが、しばらくすると呟くように言った。

「……幼い頃、僕は両親と姉と妹と五人で、父の研究室がある大学近くのタウンハウスでごく普通に暮らしていたんだ」

父親は大学の研究室で地質調査に没頭していたし、母親も泥だらけになって種を蒔(ま)き、草花を育てていたし、面倒見がよくておせっかいな姉と妹に挟まれ、僕はどこにでもいる同年代と変わらずに成長したと思う、と。

だが、ジェイクは腕を組んでから溜息をついた。

「それでも、予感というか……うちはちょっと違うと感じることがないわけではなくて、たとえば公爵である祖父から、僕だけは地元の小学校ではなく、パブリック・スクールに入学させるように両親が命じられたり」

「……ジェイクだけ?」

「ああ。当時、父の息子は僕だけだったから」

答える声は淡々としていた。冷たいというより、無味乾燥というべきだろうか。

しかも、ジェイクは視線を落とし、いっそう感情のない声で呟く。

「最初は嫌だと言ったんだ。僕は姉や妹と同じ学校に行くつもりだったしね。それでも、最終的には父の母校だからと説得されて……祖父や伯父の他にも、代々の公爵家の当主の母校でもあるパブリック・スクールの入学準備を始めたんだが」

そう呟き、ジェイクは深い溜息を漏らす。

「今でも耳から離れないんだ。その頃、祖父から言われた言葉が……ウォード家の長男は扱いづらくて困ると」

思わず、仁志起は顔をしかめた。姉や妹と同じ学校に行きたいと子供らしいわがままを言うだけで扱いづらいなんて、ひどいと思ったからだ。けれど仁志起に苦笑を向けると、ジェイクは肩をすくめた。

「もともと、祖父と伯父の折り合いが悪くて……孫である僕まで巻き込まれたというか、とばっちりを食らったんだが」

「……とばっちりって、お祖父さんと伯父さんは、そんなに仲が悪かったの？」

「ああ。仲が悪いというか、同じ空間にいるのも苦痛に見えた」

その返事に仁志起の顔は強張った。それは言葉以上に深刻に思える。親子でありながら同じ空間にいるのも苦痛なんて。

だが、ジェイクは腕組みをしながら自嘲するように呟く。

「この言葉を思い出すたびに考えてしまうんだ。ウォード家の長男は扱いづらくて困ると言った祖父本人も、まさに扱いづらくて困るウォード家の長男であると」

それは痛烈な皮肉だ。しかも、この皮肉には続きがあった。

ジェイクの祖父――第八代ノーザンバー公爵には六人の姉がいたが、男子は末子である長男、彼ただ一人だったのだ。

曾祖父である第七代の頃は世界の情勢もめまぐるしく変化し、公爵家が受け継いできた土地や財産を守っていくだけでも大変だったらしい。苦難の時代を乗り越えた曾祖父は、当然ながら跡継ぎとなる一人息子を溺愛し、その期待に応えた祖父も莫大な資産を大いに活用し、さらに増やしながら、誰もがふさわしいと認める上流階級の令嬢と結婚すると、すぐに長男と次男にも恵まれた。

後継者となる息子が生まれるまで心が安まる日はなかった、と飽きることなく繰り返す自分の父親の話を聞いて育っただけに、二人の息子が相次いで生まれ、祖父は当初とても満足していたらしい。

その長男が、自分の思い通りにならないと気づくまで。

「僕から見るに……祖父はなんでも自分の思い通りにしないと我慢できない人だったし、それは伯父も同じだったから、自分を捨てて、祖父から命じられる通りに生きるなんて、どうやってもできなかったんだと思う」

ジェイクは眼鏡の奥にある青い目を伏せると、うつむきがちに呟く。

その声は重苦しかった。

祖父も、伯父も、すでにこの世にいないからだろうか。

仁志起が相槌も打てずに黙り込んでいると、ジェイクは顔を上げながら苦笑する。

「ただ、誤解しないでほしいんだが……そんな祖父であっても僕は好きなんだ。祖父から曾祖父の話を聞くのも好きだった。激動の時代に、代々受け継がれてきた公爵家の財産を守り抜いた二人を誇りに思っている」

曾祖父の話を聞きたいと祖父にねだるたび、まだ幼い僕を膝の上に載せて、いくらでも話してくれたんだ、とジェイクは微笑む。

それは、とても幸せな思い出だ。

だが、ジェイクは肘掛けに頬杖をつきながら、さらに呟いた。

「……同時に、僕は伯父も好きだった。父と伯父は仲がよかったから、我が家にも頻繁に遊びに来てくれて、僕らをとても可愛がってくれたし」

共働きの弟夫婦を気遣って、いつだって訪ねてくる時には幼い姪と甥へのプレゼントを両手で抱えるほど持ってくるような優しい人だった、と呟く声は切ない。

ジェイクが言うには、父親と伯父は年の近い兄弟だけに外見は似通っていたが、性格や雰囲気はまるっきり正反対だったそうだ。ジェイクの父親は、寡黙で無骨な学者肌だし、よくも悪くもマイペース、常に我が道を行く性格だという。

それに対して、この世に生まれ落ちた瞬間から公爵家の後継者となり、その証でもある儀礼称号――ハーディントン伯爵を名乗ることになった伯父は、明るい笑顔が印象的で、とても社交的な性格だった。地層や地質にしか興味を示さない弟と違って、学校の成績も優秀でスポーツ万能、まさしく公爵家の自慢の跡取りであり、未来は輝きに満ちていると誰からも思われていた。

「けれど、いつの間にか……周囲が気がついた時には、もう祖父と伯父はまったく言葉を交わさなくなっていたらしい。目も合わせないし、互いにいないものとしてふるまうし、家族は困惑したそうだ」

ジェイクは苦笑混じりで語るが、その内容は非常に重い。

周囲が心配し、祖父と伯父から話を聞こうとしても、どちらも答えないので、どうやら優秀な長男に期待しすぎて、拗れたようだと推測するしかなかった。

しかし、その確執は深刻さを増していく。

威圧的に支配しようとする祖父に反発して、伯父は大学卒業後も働かずに遊び暮らし、毎晩、パーティーで浴びるように酒を飲んで騒ぎ、日替わりで違う恋人を連れ歩くような生活を送っていたからだ。そのせいで常にパパラッチに追われ、ゴシップ専門の大衆紙は名門公爵家の放蕩息子をおもしろおかしく書き立てた。

弟が学生結婚をしたし、結婚すれば落ちつくと期待した親族が縁談を勧めても、伯父は誰とも会わず、自分は絶対に結婚しない、子供は作らない、と公言していた。

「あの頃、伯父はいつも僕に言ってたんだ……自分は結婚しないから、遠い将来、爵位を引き継ぐのは自分の弟である、おまえの父親になるし、そうなった時には、おまえが次のハーディントン伯爵だと」

前屈みになって頬杖をついたまま、ジェイクは暗く沈んだ声で呟く。

「伯父は遠い将来と言ったが、それからほどなく伯父の言葉通りになってしまったのも、ひどい皮肉に思えたよ。まだ六十代だった祖父が急性心筋梗塞で亡くなり、伯父も爵位を継いだ翌年に急死したんだ」

「急死……？」

仁志起がおそるおそる問い返すと、ジェイクは頷く。

「ロンドンの自宅で倒れていたところを……まあ、その前夜に連れ込んだベッドの相手が発見したが、もう息をしていなかったそうだ」

享年、三十五歳——早すぎる死だ。九十億ポンドの遺産を相続したばかりの若き公爵の死はセンセーショナルに報道され、自殺と他殺の疑いがあると警察の捜査も入り、長年、公爵家の放蕩息子を追いかけていたゴシップ専門の大衆紙は、ここぞとばかりに大々的に取り上げて、あることないこと盛大に書き連ねた。

彼はパーティーざんまいで遊び暮らし、酒浸りで薬物を濫用し、恋人は毎晩変わる上に男女を問わず、その中には未婚の公爵が継いだばかりの莫大な財産を狙い、弟が殺したに違いないと断言するような事実無根の報道まであったという。

検死の結果、死因は薬物の過剰摂取による急性薬物中毒だとわかっても、少しも騒動は収まらず、ほとぼりが冷めるまで長い時間がかかった。

「本当にひどい騒ぎだった……祖父の葬儀の記憶も新しいのに、伯父の葬儀まで続いて、報道陣に追い回される親族が悲しみに暮れる中、爵位を継がなければならなくなった父も憔悴しきっていた」

ジェイクは淡々と話してくれるが、本当につらい時期だったに違いない。

伯父の死によって、家族の生活は一変したからだ。

父親は爵位を継ぐことになったので地質学の研究を切り上げて、イングランド北東部のノーザンバー・カースルに戻ることになって、一緒についていく母親も軌道に乗ってきた庭師としてのキャリアを中断せざるを得なくなったのだ。

さらに爵位継承が行われると、新たな第十代ノーザンバー公爵の長男であるジェイクも後継者としての儀礼称号、ハーディントン伯爵を名乗ることになった。

そして、いつまでたっても親族の取材をあきらめない報道陣から逃れるために、長男のジェイクが全寮制のパブリック・スクールに入学すると同時に、公爵令嬢となった長女のエマ、次女のイヴリンも寄宿学校への転校が決まった。

ただ、そんなふうに家族がバラバラになってしまった翌年——ノーザンバー公爵夫人は第四子を妊娠し、次男ジェイミーが誕生する。

「弟が生まれたことは……あの当時の僕たち家族にとって、本当に久しぶりの、喜ばしい出来事だったんだ」

ジェイクは頬杖をついたまま、なつかしそうに微笑む。

その微笑みだけで、年の離れた弟の誕生がどれほど大きな救いだったのか、仁志起にも伝わってくる。

確かに、ノーザンバー・カースルを訪ねた時に紹介された末弟ジェイミーは、家族中に可愛がられていた。もっとも年の近いイヴリンからも十年以上離れていることもあって、なんだか親が五人いるみたいだよ、と本人は笑いながらぼやいていたが、彼がいるだけで家の中が明るくなるような存在だった。

　公爵家の一家と過ごした記憶を思い出し、仁志起も微笑みながら呟いた。

「そういや、ジェイクとジェイミーも仲がいいというか、ジェイミーはお兄さんのことが大好きなんだって思ったよ……なんというか、ジェイクが連れてきたから、オレのことも気に入ってくれたみたいだったし」

「あれは、ジェイミーが空手を習っていたことが大きかったな。はっきりいって僕よりもニシキが黒帯である偉大さを理解していた」

　ジェイクが茶目っ気たっぷりにウインクを投げながら答えるので、仁志起も思い出して笑ってしまった。あの時も道場の教えを守って道着を持参していた仁志起は、せっかくの機会だから、とジェイミーに誘われ、一緒に稽古をしたのだ。

　すると自分と変わらない体格の仁志起を最初は舐めていたらしく、まるでかなわないとわかった途端、手のひらを返すようにジェイミーの態度が一変したのだ。

　ニシキすごい、そのニシキを連れてきたジェイクもすごい、と。

　最初に舐めてかかっていると逆ギレしたり、プライドを傷つけられて逆恨みするような相手も多いと知っているだけに、きちんと自分の認識を改めて素直に賞賛できるところは立派だった。

それに、ジェイミーは家族に愛されているが、甘やかされてはいなかった。

まだ幼い彼の話であっても、家族の誰もがちゃんと耳を傾けているし、正しいことには頷き、間違っていることは話し合い、一緒に正解を探ろうとする。

そんな一家の団らんを目にすることが何度もあって、本当に仲がいい家族なんだな、と仁志起は思ったのだ。

すると、ソファに座り直したジェイクが、なにげなく問いかけてくる。

「……ニシキは覚えてるかな？　我がノーザンバー公爵家に連なる血筋の男子はすべて、同じ名前だという話を」

「もちろん。みんながみんな、ジェイムズなんだよね？」

そう答えると、ジェイクは頷いた。

「そうだ。血縁の男子がすべて同じ名前だから混乱してくるので、当たり前のことだが、昔から誰もが通称というか、呼び名を持っている。僕ならジェイクだが、これは曾祖父の呼び名でもあった」

「へえ、そうなんだ？　呼び名を引き継ぐっていいね」

ジェイクが誇りに思っていると言った曾祖父の通称を引き継いでいると聞き、仁志起は目を輝かせた。そういうのは、なんとなくステキだ。ジェイクも微笑みながら腕を組み、ソファにもたれかかって話を続ける。

「もちろん、まるで無関係な通称や呼び名もある。生まれた時、外からオオカミのような遠吠えが聞こえたからウルフと呼ばれていたり、通称はいらないと意地でもジェイムズと呼ばせるような親族もいる」

「ええっ、そういうのもアリなんだ?」

「たまにいるんだよ」

仁志起が驚いて問い返すと、ジェイクは笑いながら頷く。

「まあ、それでも、多くの場合はJから始まる名前で、ジョンとかジーン、ジェフリー、ジョーイ、ジュエル、それから僕の父のジャック……だいたい親族の誰かが亡くなると、その呼び名を次に生まれた赤ん坊が引き継ぐ」

いくつかの候補から赤ん坊の両親が決めることになっていて、と説明するうちに、声が消え入りそうなほど小さくなって、仁志起が問いかけるように目を向けると、ジェイクはうつむきがちに呟く。

「ジェイミーは、伯父の……父の兄の呼び名だった」

片手で眼鏡の位置を直しつつ、ジェイクは言葉を押し出すように続けた。

「やめたほうがいいと止める親族もいたらしいが、両親は迷わなかったそうだ。そもそも僕の父は我が道を行く男だから、人の話なんて聞かない……男子だとわかった時に、もう決めていたと」

ジェイクの父親は、こう言って反対する親族を説き伏せたという——兄のジェイミーは自分に向かって口癖のように言っていた、オレも次男だったらよかったな、オレが次男に生まれていたらどんな人生だったかな、と。

そんな兄の言葉を、弟はいつも冗談だと思っていたのだ。

なにしろ、兄からうらやましがられることなんて、自分には何もないと思っていたし、それこそ、人がうらやむようなものを何もかもすべて、その手に持っているのが、まさに自分の兄だと思い続けていたからだ。

そうして、家族が見守る中、無事に生まれてきた次男を我が手に抱きかかえた父親は、ぽつりと呟くように言った。

ジェイミー、ついに念願がかなったな、と。

その一言で父親の気持ちはよくわかったから家族は誰も反対しなかったんだ、と静かに話してくれたジェイクは深々と大きく息を吐いてから、しばらく黙り込んでいたが、ふと気づいたように手を伸ばしてくる。

「……ニシキ?」

「べ、別に、オレ、た、ただ……ただ、ちょっと」

仁志起はうつむいたままで首を振った。答える声が上擦ってしまってみっともないし、半べそをかいていることも恥ずかしかった。

だが、ジェイクや、その家族の気持ちを考えたら、なんだか無性に目頭が熱くなって、あわてて両腕で顔を覆い隠した。

日本で生まれ育った仁志起には、英国の世襲貴族の悩みや苦しみはわからない。

代々受け継いできたものを守る人々の苦労を理解できるとは思わないし、わかるなんて言ってしまうのも、おこがましいだろう。ただ、大切な家族を亡くし、その早すぎる死を悼(いた)みながら、それでも悲しさや切なさに押しつぶされまいと踏ん張る気持ちならわかる。

つらいことがあれば、誰だって苦しいし、悲しいし、打ちのめされるだろう。

けれど、そんな時も支え合い、必死になって乗り越えようとしていたジェイクの家族を思うだけで胸が痛くなる。

すると人が動く気配がして、仁志起のすぐ隣にジェイクが移動してくると、しっかりと抱きしめてくれた。

「すまない、重い話を聞かせて」

「……ううん、聞くって言ったの、オレだし」

そう答えるのが精一杯という情けなさに、自分でも腹が立つ。

それでも、抱きしめられていると目頭だけじゃなく、胸の奥まで熱くなってくる。

ジェイクは胸元に仁志起を抱き寄せて、なだめるように優しく頭や背中を撫(な)でながら、沈んでしまった空気を変えるように、わざと明るい口調で囁いた。

「ああ、そうだ。僕の父は独立独歩で我が道を突き進み、人の話なんてまるで聞かないとよく知られているんだが……爵位を継いでから、周囲の反対も押し切って決めたことが、もうひとつあるんだ」

　仁志起が問い返すように首を傾げると、ジェイクは意味ありげに微笑む。

「ノーザンバー公爵の法廷推定相続人であるハーディントン伯爵には、十八歳になったら自動的に毎年、百三十五万ポンドが支払われる。公爵家の後継者として生きているだけでもらえる年収なんだが」

　さりげなく言われ、仁志起は怪訝な顔になった。

　百三十五万ポンドは日本円にすると、だいたい一億八千万ぐらいだろうか。

　生きているだけでもらえるような金額ではないが、資産総額が九十億ポンドなどという公爵家の後継者なら当たり前なんだろうか？

　仁志起がいかにも不可解といった表情をしていたせいか、ジェイクは肩をすくめつつ、さらに説明してくれた。

「これは、まあ、何代も前の公爵家の当主からの思いやりみたいなもので、名門公爵家の後継者ならば、それにふさわしい生活をしろ、そのためには資金も必要だろう、といった気遣いだと思ってるんだが」

「……き、気遣い？　思いやり？」

　仁志起は訝しげに繰り返す。

　どうやら、自分の知っている気遣い、思いやりとは違うもののようだ。

　それにしても、十八歳になったら自動的にもらえるのなら、あっという間にジェイクは大金持ちではないか？　それだけあったら、二年間で二千万円ほどかかるＨＢＳの学費も一括で支払ってしまえるし、いや、むしろ金儲けというか、ビジネスの勉強をしなくても優雅に暮らせるのでは、と考えてしまうと、ジェイクはお見通しとばかりに苦笑しながらウインクを投げた。

「ただし、まだ僕はもらっていない。この支払いを十八歳でなく、二十五歳にするように裁判所に申し立てて、変更させたのが僕の父なんだ」

「……さ、裁判？」

　仁志起は目を丸くしたが、世襲貴族の限嗣相続や後継者の法廷推定相続人については、古くから貴族制度がある英国では複雑に込み入ったさまざまな取り決めがあって、簡単に変えられることではないらしい。

　だが、第十代ノーザンバー公爵ジャック・ウォードは、先代である自分の兄が若くして大金を手に入れたことで道を誤り、結果的には早死にをしたと主張し、このような危険に自分の息子を近づけたくないと裁判を起こすと、この支払い年齢を十八歳から二十五歳に変更させたのだ。

もちろん、裁判を知った報道陣はまたしても大騒ぎになった。

次男坊の公爵は、息子の財産まで横取りする守銭奴だと書かれたのも、この時期だ。

また騒がれる、と裁判を起こすことに難色を示した親族もいないわけではなかったが、ジェイクの父親は耳を貸さず、堂々とやり遂げた。彼は兄の早すぎる死を惜しみ、同時に長男を守ることしか考えていなかったのだ。

「……そんなわけで、これが十四世紀から続く名門ノーザンバー公爵家の真実というか、スキャンダルの真相だ」

呆れたかな、と問いかけてくるジェイクに、仁志起は首を振った。

そんなことを思うはずがない。呆れるなんてありえない。

だが、ジェイクの表情は意味ありげに曇っている。

どうやら、まだ話していない——いや、言いづらいことがあるようだと思っていると、その勘は当たっていたらしい。ジェイクは抱き寄せている仁志起の頭に頬を寄せて、顔を背けるようにして呟いた。

「実は、これは限られた人しか知らないことだが……伯父は、僕と似たような性的指向の持ち主だったんだ」

「似たようなっていうと……バイ？」

仁志起が問い返すと、ジェイクはしばらく考えてから答えた。

「本人はバイだと言っていたが、むしろ……かなり、ゲイ寄りだったような気もするし、それでも、甥である僕には見せない顔もあったと思うから……正直いって、はっきりとはわからない」

パブリック・スクールで自覚したとは言っていたが、と記憶を掘り起こすように呟き、ジェイクは苦笑気味に続ける。

「僕はわりと早い時期に、自分の性的指向がバイだと……まあ、当時はバイというより、男女という性差にこだわらない自分自身に気がついたんだが、やっぱり両親や姉と妹には言いづらいというか、言えなかったから」

そんな時に、さりげなく察したのか、伯父がよく二人だけで話す機会を作ってくれて、僕の考えていることを聞いてくれたんだ、と呟く声には感謝が滲(にじ)んでいた。

その気持ちはよくわかる。自分の性的指向なんて微妙な話題だし、誰とでもできるとは思えない。その相手が家族なら、いっそう難しいだろう。しかも自分が性的少数者(セクシャル・マイノリティ)だと告白するような場合だったら尚更だ。

仁志起から見ると、ジェイクは性的指向がバイで、性的少数者である自覚があっても、それを引け目に感じるようなこともないし、どんなことに対しても公平な考え方や視点を持っているように思える。いつでも確固たる自分自身があって、うらやましいというか、こんなふうでありたいと仁志起もあこがれるくらいだ。

もしかしたら、ジェイクらしさでもある公平さ——ごく自然に性的少数者であることも受け入れられる性格には、この伯父という存在が大きいのかもしれない。

そんなふうに感じた仁志起は手を伸ばし、背けられたジェイクの顔を引き戻す。

そこには複雑な表情が浮かんでいた。どことなく沈んでいる青い目には暗い影が差し、夜空の闇を思い起こさせる。

だが、仁志起はためらいながらも、思ったことを正直に告げてみた。

「こんなふうに言ったら、なんだか不謹慎かもしれないけど……ジェイク、よかったね。伯父さんがいてくれて」

「ああ。僕もそう思っている」

ジェイクは即座に頷いた。

そして、互いの額を押し当てるように顔を近づけると、そっと口唇の上に触れるだけのキスをしてくれた。まるで、ぬくもりを求めるように。しかし、仁志起から応えるには、ジェイクの表情が重苦しくて——伏せられたままの青い目を見つめていると、ジェイクは囁くように呟いた。

「僕には、伯父がいてくれた……悩んでいた頃に、ありのままの僕を否定も肯定もせず、ただ受け止めてくれたことを感謝している。それだけに、伯父には誰もいなかったことが悔しくて、悲しくてたまらない」

そう吐き出すように呟き、ジェイクは目を閉じる。

「伯父と祖父の確執は、伯父の性的指向が原因だったんだ……伯父に聞いたところでは、それを知った祖父は烈火のごとく激怒したらしい」

自分の息子だと思いたくもない、こんな長男など望んでいなかった、と激しく罵(ののし)られ、何もかも嫌になってしまったんだと伯父は笑っていた、と呟く声は痛々しくて、仁志起はなぐさめる言葉もなく、ジェイクを抱きしめることしかできなかった。

3

（……うひー、さすがにきついなー！　自分で決めた時間割とはいえ、二時間弱の授業が午前中に2コマ、午後にも1コマってゆーのは）

そうぼやきながら、仁志起（にしき）はキャンパスの木陰にあるベンチに座り込む。

授業で疲れ果てているが、そんなことも言っていられない。

ついに今夜、仁志起が企画運営をまかされた日本人会主催の講演会があるのだ。

それでも、ゲストを迎えに行く時間まで昼寝してやる、と開き直った仁志起は、今日は改まってビジネススーツを着ているにもかかわらず、ベンチに転がると目覚まし代わりのスマートフォンを握ったままで目を閉じる。すべての授業が終わったタイミングなので、ラウンジはティータイムで混雑しているから外のほうが気持ちがいい。

ボストンは、とてもいい季節だ。

暑すぎもせず、寒すぎもせず、天気がいい日は最高だ。

講演会のゲスト・スピーカーである榛名岐一（はるなきいち）氏も、ゴルフ日和（びより）だったに違いない。

その榛名氏とは昨日、ボストン到着後、宿泊先であるホテルに出向いて挨拶し、今夜の講演会の打ち合わせもしてきた。

よっぽど心配だったのか、羽田先輩までついてきたが、彼らは打ち合わせの後で飲みに行ったらしいから、単に旧交を温めに来ただけかもしれない。お邪魔しても悪いと思って仁志起は早々に退散したが、自分が尊敬している先輩と、その先輩が一目置く先輩というダブルで緊張する状況だったせいか、ものすごく気疲れしてしまった。

なにしろ、あの優秀な羽田先輩の先輩だけあって、榛名氏はまさに頭が切れるエリートそのものだった。受け答えは明確で、ＨＢＳの卒業生ということもあり、こちらの事情もわかっていて話が早い。

しかも、ゲストをつかまえるのに苦労したと羽田先輩から聞いていたようで、定型文のメールを送りつけるだけで引き受ける相手などいない、と講演依頼のやり方に思いっきりダメ出しを食らったが、容赦ない指摘も親身になっているからこそ、と伝わってくるし、厳しいけれど面倒見がいい兄貴タイプで仁志起は好感を持った。

それに、日程があわただしく決まったので告知期間が短いこともあり、会議室のような小さなホールが会場になったが、それならそれで一方的にスピーチをするより、参加者と自由に意見交換ができるパネル・ディスカッション的なほうがいいだろう、と榛名氏から提案してもらったことも有り難かった。

とにかく、言葉の端々から有能さが伝わってくるし、彼はハルナ運輸の創業者の孫で、日本で一、二を争う運輸会社に成長させた二代目社長の息子で、こんな後継者がいるなら頼もしいだろうと誰もが思うような人物だった。しかも仕立てのいいスーツがよく似合う怜悧なハンサムで、シンプルなシルバーフレームの眼鏡も知的だ。

そんなことを思い出し、もしかすると自分は知的な眼鏡男子がタイプなんだろうか、と仁志起は苦笑してしまった。

なにしろ、生まれて初めての恋人も金髪碧眼の眼鏡男子だ。

（どうしてるかな、ジェイクは……今週は講演会の準備で忙しかったし、あんまり一緒にいられなかったけど、今夜の講演会は来てくれるって言ったし、これが終わったら二人でのんびりできるといいなあ）

思わず、仁志起は本音が漏れる。

ジェイクに、ノーザンバー公爵家のスキャンダルの真相を聞いてから、なんというか、心の奥がずっしりと重かった。

何がつらいって起こってしまったこともつらいが、ジェイクの祖父や伯父が、けっして悪い人ではないのがつらい。考え方や生き方が違ったことでぶつかり、相容れないまま、すれ違ってしまったことがつらいし、そんな祖父と伯父のどちらも、ジェイクが好きだと言っていることもつらかった。

悪い人はいなくても、悪いことは起こってしまう。

最初は、ちょっとしたボタンの掛け違いであっても、タイミングが悪かったり、言葉が足りなかったり、その逆で余計なことまで言ってしまったり、些細なことで人の気持ちはどんどん遠ざかっていく。

けれど、それも人と人との縁というか、巡り合わせなんだろうか？

肉親でも他人でも、互いに歩み寄る努力を怠ってしまえば、永遠にわかり合えない。

それでも、自分自身を一方的に押しつけるだけで知ってもらうとは言えないだろうし、わかり合うことにもならないだろう。

コミュニケーションはキャッチボールだ。片方が投げるだけでは続かない。

互いに投げて、しっかりと受け取って、それが相互理解に繋がる。

だから、ジェイクの態度はけっして間違っていない。

つまらない噂や憶測を聞いて、無責任に騒ぎ立てるような相手には何も言わない、一切取り合わない、と徹する態度は正しい。残念なことに世の中には、どんなに話し合っても無駄な相手もいるからだ。頑なに自分の考えだけにこだわって、人の話には耳を傾けない相手には何を言っても無駄だ。

そう思っているし、わかっているのに、どうしても心は沈んでしまう。

仁志起は深々と溜息を漏らした。

あの晩は結局、空が明るくなるまで二人で話をしていた。いや、正しくは仁志起が話を聞いていたというべきか、ジェイクが思いつくままに亡き祖父や伯父の思い出、それから家族のことを話してくれるのが嬉しくて、ずっと聞いていたかったのだ。

気づいたら、もう朝になっていて、仁志起はジェイクのベッドで眠っていた。どうやら途中で寝落ちし、運んでもらったようだ。もちろん、ベッドの持ち主も隣で眠っていた。それも、仁志起の腕枕でぐっすりと。

ベルガー家御用達のハーブティーが効いたのか、熟睡しているので、寝顔が眺め放題で嬉しかった。なにしろ、仁志起は恋人の青い目を気に入っているが、その目が閉じた顔もかなり――いや、とても気に入っているからだ。

自分の腕を枕にされているので起きられないな、とニヤニヤしながら見とれるうちに、うっかり二度寝してしまって、仁志起が次に目覚めた時には太陽が空高く上がっていて、隣で寝ていた恋人まで消えていた。

のっそりと起き上がった仁志起は、ボリボリと頭を掻きながら顔は笑っていた。

このベッドはやっぱり寝心地がいいとか、ほのかに残っている恋人の匂いがいいとか、どうでもいいようなことを考えながら、ひとまず人の声が聞こえてくる一階に下りると、ちゃんと服を着替えたジェイクと、いつの間にやら帰宅していたフランツが、キッチンで口論の真っ最中だった。

しかも何を言い争っているのかと思ったら、紅茶とコーヒー、どちらを淹れるべきかと揉めているのだ。彼らは時折、目覚めの一杯で英独戦争を勃発させる。仁志起はそれぞれ勝手に用意すればいいじゃないかと思うが、一緒にいるなら同じものを飲むほうが手間が省けるはずだと効率アップを主張するフランツと、どちらも淹れて香りが混ざると紅茶の味が台無しになると文句をつけるジェイクは、そもそも論点がずれているし、それよりも世界の平和を考えてほしい。

こんな時に戦況を変えるのは、第三の勢力——援軍だ。

ただ、はっきりいって仁志起はどっちでもいいし、参戦する気にもならないというのが正直な気持ちだ。基本的に人に用意してもらったものだったら、なんだっておいしいし、有り難くいただく所存なのだ。

そのうち、仁志起がいると嗅ぎつけたのか、裏庭から隣に住むバートン・ファミリーの愛犬、ゴールデン・レトリーバーのオライオンもあらわれ、朝の挨拶がてら、ふわふわの犬の毛だらけになって遊んでいても英独戦争は終結する気配もない。

しかも、いつしか二人の争点は有機栽培やフェアトレードになっている。

自然環境の問題に関心が高いドイツ人と広大な領地の環境保護に取り組む英国貴族が、これについて意見を交わし始めると収拾がつかなくなるというか、とどのつまり、二人は持論を展開し、ディベートを楽しんでいるらしい。

うわー、なんだか日常が戻ってきたなー、と仁志起は嬉しくなったくらいだ。

ともかく、この日はもう昼が近い時間だったし、フランツが朝食用に買ってきてくれた焼き立てのパンもあったし、いい加減、喉も渇いてきた仁志起は、コーヒーをブラックで飲みたい、と参戦することにした。

するとと頬杖をついたジェイクに睨まれたが、その青い目は笑っていた。

そんなわけで、日独共同戦線に英国は全面降伏したが、フランツにベルガー家御用達のハーブティーは役に立ったか、と訊かれ、メイド・イン・ジャーマニーも素晴らしいが、メイド・イン・ジャパンのほうが効いたかも、とすまして答えていた。

そんな返事にフランツは噴き出し、ジェイクはウインクを投げてくるが、仁志起は首を傾げた。ジェイクがすましているから、冗談を言っているらしいが、笑いどころが謎だ。ドイツ製とか日本製の何がおもしろいんだろうか？

週明けに学食で落ち合ったリンダやヤスミン、シェイク・アーリィに話したら、彼らも笑い出したので、かなりおもしろいようだ。なにしろ、シェイク・アーリィに至っては、美貌を台無しにして爆笑していた。

（……つーか、メイド・イン・ジャーマニーって、これはドイツ製でいいよな？　だからフランツのことなのか？　だったら、メイド・イン・ジャパンって？　あの晩、飲んでたハーブティーはドイツ製だし、日本製なんて……）

そう考えるうちに、不意にわかった。

仁志起は思わず、勢いよく起き上がって頭を抱え込む。

（も、もも、もしかして……メイド・イン・ジャパンってオレか？　オレのことか？）

ジェイクの言葉を思い出し、顔から火を噴きそうになった。

みんなが笑うわけだ。しかも、どうして笑っているのか、仁志起が問いかけても、誰も答えてくれなかった理由もわかった。これは、いわゆる惚気（のろけ）というヤツだろう。すましたジェイクは、やっぱり要注意だ。大真面目（おおまじめ）にふざけるから油断も隙（すき）もない。

そう心の中で毒づきながら、仁志起の顔は自然とにやけてしまい、あわてて緩（ゆる）んだ顔を両手でパンパンと叩（たた）くと、ブブブー、とビープ音が鳴り出した。

目覚まし代わりにしていたスマートフォンだ。

しかし、よく聞くとタイマーのアラームではなく、重要な電話の着信音だった。

急いで手を伸ばし、芝生に投げ出されていたスマートフォンを拾い上げると、画面には榛名氏の名前があった。迎えに行くにはまだ早いが、時間変更でもあったか、とすぐさま通話ボタンを押して電話に出る。

「はい、佐藤（さとう）です！」

『榛名だが、すまない。予定変更だ』

「時間ならかまいません。まだ余裕がありますし……」

『いや、違うんだ。実は今夜、そちらに行けなくなった。申し訳ないが、今夜の講演会はキャンセルさせてくれ』

ええっ、とさすがに仁志起が絶句すると、本当に申し訳ない、と榛名氏は繰り返す。

『実は、同行者がケガをしてしまって……それで今夜、出席するはずだったパーティーにオレが代理で行くことになってしまったんだ』

榛名氏から電話をもらい、仁志起はタクシーで宿泊先に駆けつけた。

講演会のキャンセルはさておき、同行者のケガが心配だ。人手が必要な場合もあるし、榛名氏がパーティーに向かう前に会っておきたかった。

ボストンの中心地、ボストンコモンという公園近くに建つ最高級ホテルに到着すると、フロントで名乗り、榛名氏が宿泊しているスイートルームに案内してもらう。

「……ああ、佐藤くん。今日は本当にすまない」

リビングで出迎えてくれた榛名氏は、もうフォーマルなダークスーツに着替えていて、詫びるように手を上げる。

だが、仁志起は即座に首を振った。

「どうか、気になさらないでください。緊急事態なら仕方がありません。今夜の講演会に来てくれた人には僕が謝罪しますし……それよりも、同行者の方のおケガは？　もし僕にお手伝いできることがあれば、なんでも申しつけてください」

会社員時代の新人研修を思い出し、叩き込まれた営業下っ端の助っ人モードで告げると榛名氏は苦笑した。

「ありがとう……実はケガをしたのは、オレの親父なんだ」

「お、お父さままですか？」

「ああ。ゴルフを楽しんだ後で、クラブハウスから出たところで転んで……今日の成績がよかったんで浮かれていたせいだろう」

榛名氏は溜息混じりに呟いたが、それは災難というか、お気の毒だ。せっかくの休日にゴルフを楽しみ、機嫌よく帰ろうとしたところでケガをするなんて。

仁志起が心から同情してしまうと、奥から声が聞こえてきた。

「おい、岐一……おや、失礼。お客さまかな？」

そう言いながら入ってきたのは、車椅子に乗った壮年の紳士だった。

というか、ジャパン・トレックでハルナ運輸の物流ターミナルの見学が決まった時に、企業情報とともに顔写真つきの役員一覧も確認したし、この場で親しげに榛名氏を名前で呼び捨てるような人物など、そういるはずがない。

この紳士が、ハルナ運輸の二代目社長——榛名崇だろう。

父親がトラック数台で始めた運送屋を日本屈指の運輸会社に成長させた立役者であり、物流システムの可能性を切り開いたアイディア・マンでもある。世界的にもよく知られる有名な実業家を前にして、思わず、握手してください、と駆け寄りたくなってしまうが、そんな場合じゃないし、相手は車椅子で痛々しい。

だが、直立不動になった仁志起に、榛名社長は柔和な笑顔を向けてくれる。

「……ええっと、きみは？」

「彼はＨＢＳの後輩、佐藤仁志起くんだ」

榛名氏から紹介してもらったので、仁志起はお辞儀とともに名乗った。

「初めてお目にかかります。佐藤仁志起と申します。おケガをなさったと伺いましたが、お加減はいかがですか？」

真っ先に気遣うと、榛名社長は困ったように苦笑する。

「ああ、まいった。うっかり段差で転んでしまってね……ただの捻挫なんだが、以前にも同じところをひねったことがあって、息子がうるさいので、この有様だよ」

「スコアが百を切った程度で、浮かれていた親父の自業自得だ」

「いやー、久しぶりだったからなあ……それにしても、車椅子は大げさだろう」

「ドクターが言ったぞ、今夜は無理するなって」

あんな早口の英語は聞き取れないよ、とぼやいた榛名社長は、車椅子から恨みがましく息子を見上げるが、こればかりは致し方ない。仁志起は大事を取りたい榛名氏の味方だ。

すると、車椅子を押してきた秘書らしき男性が腕時計に目を向ける。

「……専務、そろそろお時間が」

「じゃあ、親父。今夜のパーティーはオレにまかせて、頼むからちゃんと休んでくれ」

「わかったよ。ヴィアンキさんには、くれぐれもよろしくと」

ああ、と父親に頷き、榛名氏はあらためて仁志起に目を向けた。

「佐藤くん、今夜は本当に申し訳ない。あとでオレからも羽田に詫びておくが……」

「あ、まだ羽田先輩には何も？」

仁志起が問い返すと、榛名氏は頷いた。

「ああ。羽田への連絡が後回しになって申し訳なかったが、今回の講演会の企画運営は、佐藤くんだからね。まず最初に、きみに連絡しないとって思ったから」

そう答える榛名氏に、仁志起はいっそう好感を持った。

確かに、企画運営の責任者は仁志起だが、榛名氏を紹介したのは羽田先輩だ。

こんな緊急事態が起こって、榛名氏からすれば、親しい羽田先輩のほうがキャンセルを告げるのも気が楽だろうし、話も早いはずだ。しかし、それでも仁志起を飛び越さずに、最初に連絡してくれた榛名氏は誠実で義理堅い人だと思う。

「ありがとうございます。今日は本当に残念ですが、よろしければ是非、次のチャンスをいただきたいです」

「ああ、もちろん。オレのほうこそ、この穴埋めは必ずさせてもらう」

　そう答えながら手を差し出してくれたので、仁志起も喜んで握手を交わした。

　そして、榛名氏は秘書とともに急いでスイートルームを出ていったが、ふと気づくと、部屋には仁志起と榛名社長しかいなかった。いや、待て、他にも同行の社員がいるよな、いくらなんでも車椅子の社長を一人にはしないよな、と仁志起が動揺すると、榛名社長がさりげなく言った。

「悪いね、お茶も出さないで……今日は休みで、同行の社員も出かけてるんだ。そろそろ戻る者もいるだろうから、残ってくれた秘書も息子につけてしまって」

「……い、いえっ、お茶なんて、どうぞお気になさらずに」

「いいんだよ、わたしも飲みたいから」

「だ、だったら、よろしければ、僕がご用意します！」

　そうかい、助かるなあ、とおっとりと言われ、仁志起は引きつった笑みを返す。

　ミニバーには同行した社員が持参したのか、ちゃんと日本茶の準備がしてあったので、電気ケトルでお湯を沸かし、手早く用意すると、榛名社長にソファを勧められ、仁志起は恐縮しながら腰を下ろす。

「ああ、おいしいよ、佐藤くん。ありがとう」

「お口に合ったなら幸いです」

秋のボストンの素晴らしい景色を見下ろすスイートルームのリビングで、ビジネス界の有名人と一緒にお茶を飲みつつ、仁志起はいっそう恐縮するばかりだ。

しかし、車椅子の榛名社長はお茶をすすりながら、のんびりと話しかけてくる。

「おいしいお茶を手早く淹れられるっていいね。これも大切な才能だし、佐藤くんはもう卒業後の就職先は決まってる？　うちの秘書室ってどう？」

「……は、ははは、ハルナ運輸の？」

「そうそう、持株会社のハルナ・ホールディングスになるんだけど」

こんなところでリクルーティングされるなんて思いもよらず、仁志起は顔が強張るが、いくらなんでも本気のはずがないと我に返る。ただ、そうなると今度は榛名社長の冗談をどう受け流せば失礼にならないのか、これは本気で悩む。

しかし、ふと仁志起は気づいた。冗談であっても、これほど有名な実業家から、自分の会社に来ないか、と誘われて嬉しいのも本心だ。粋に冗談を受け流せるとかっこいいが、そういうことができる性格でもない。

自分で淹れたお茶を一口飲み、マジでうまいな、このお煎茶、と思いながら、仁志起は居住まいを正すと頭を下げた。

「お誘い、とても光栄です。ありがとうございます。ですが、僕はＭＢＡ留学でＨＢＳに入ってから、ソーシャル・ビジネスに興味を持ちました。できれば、その分野での就職を考えているので、誠に残念ながらお受けすることができません」

「それは本当に残念だな、ソーシャル・ビジネスってのも大変な仕事だよね」

「はい。この夏に世界銀行グループの国際金融公社でサマーインターンとして働き、本当に難しい仕事だとわかりましたが、だからこそ、やり甲斐も感じました」

「そうか、応援してるよ。身体に気をつけて頑張って」

　仁志起がクソ真面目に答えると、榛名社長もニコニコと激励してくれる。

　このおじさん、いい人だ、と断ったことが残念になるが、それとこれとは話が別だ。

　しかも、今はまだ時間に余裕があるが、ずっと榛名社長とほのぼの&まったりトークをかましているわけにもいかない。いや、だいたいケガ人が一人で留守番とかありえないと仁志起が生真面目な表情で考え込んでしまうと、それをどう受け取ったのか、榛名社長が気遣うように言った。

「今夜の講演会は、本当に悪かったね。ドタキャンなんて困るだろう？」

「いえ、緊急事態なら仕方がありません……それよりも、大事なパーティーに榛名社長の代わりに出席できる息子さんが一緒にいらしてよかったですね」

　よかった探しでケガ人を励ますと、うんうん、と榛名社長も頷く。

「そうなんだよ。今夜のパーティーに招待してくれたヴィアンキさんってね、イタリアで素晴らしいワインを作ってるんだ。しかも、息子が我が社との提携をまとめてから輸出の年商が倍になったたって、とっても喜んでくれてね」

今夜は、そのお祝いだから、出席するとワインを飲まないわけにもいかないだろうし、わたしは今、鎮痛剤を服用しているから、お酒は飲めないし、と残念がる榛名社長の話を聞きつつ、ふと仁志起は気づいた。

「……だとすると、パーティーのご招待はお二人にあったのでは？」

「ああ、実はパーティーの招待があったから、今回のアメリカ出張ではボストンに寄ると決まったんだが……でも、息子が急にパーティーよりも重要な用事ができたというから、わたしが一人で行くことになったんだ」

そう説明し、榛名社長はヘタクソなウインクをした。

仁志起が察したこともお見通しといった顔だが、それでも頭を抱えたくなる。

ようするに、榛名氏は講演会のゲスト・スピーカーを引き受ける前に、自分が手がけたビジネスの成功を祝うパーティーの出席が決まっていたわけで、それをキャンセルしても後輩に——いや、正しくは後輩の後輩に協力してくれるつもりでいたらしい。

有り難いし、申し訳ないし、仁志起は恐縮するばかりだ。

自分が関わった仕事の成功を祝う席は本当に嬉しい。仁志起自身、サマーインターンで十四億ドルの融資契約を締結し、サイニング・セレモニーに同席した時は誇らしかった。榛名社長がケガをしたのは残念だが、おかげで当初の予定通りに、榛名氏がパーティーに出席できたのは不幸中の幸いだったのかもしれない。

（まあ、もちろん、ドタキャンであっちこっちに頭を下げるのはオレだし、それはそれで大変だけど、救いは無料の講演会だから返金とかないし……とゆーか、マジで榛名さんのスピーチは聞きたいから、ちゃんと次の機会を設けないと！）

そう独りごち、仁志起が何度も頷いていると、突然、榛名社長から腕を叩かれた。

「……ということで、どうだろうね？」

「は、はい？」

「いや、なんだったら息子の代わりに、わたしが講演会に行こうか？」

「はあああああああ？」

あまりにも予想外なことを提案され、仁志起は失礼ながら奇声を発した。

この絶叫に、榛名社長もさすがに気分を害したらしい。おっとりした品のいい紳士が、まるで子供のようなふくれっ面になる。

「やだな、そんなに驚かなくてもいいだろう。それとも、わたしではダメかな？　いや、講演会が決まってからというもの、息子がやたらと熱心に準備をしていたこともあって、わたしもおもしろそうだと思ってたんだよ」

　海外で講演会はやったことがないが、社内セミナーならしょっちゅうやっているよ、と自慢げに言われても返答に困る。代わりのスピーチが無理なら謝罪だけでも、とか本人は言い出すが、ハルナ運輸の二代目社長はビジネス界の有名人だ。未来の三代目社長よりもぶっちゃけ知名度は高いし、集客力も高いだろう。ただ、集客といっても、もう本番まで二時間を切ったし、告知のしようもないが。

「ねえ、佐藤くん？　そんなにダメかな、わたしだと」

「……い、いや！　待ってください、ただいま全力で考えてます！」

　おお、それなら待つよ、と微笑んだ榛名社長は満足そうにお茶をすする。

　その車椅子の横で、仁志起は額に手を当てつつ、全力で脳みそフル回転だ。講演会まで二時間弱しかない。けれど逆に考えれば、まだ二時間弱はある。ゲストの変更を告知する時間がないわけではない。だとすると、自分が今、考えることは変更告知を誰に頼むか、そして車椅子での移動手段、さらに何があるだろうか？

「あ、榛名社長！　英話は？　スピーチは英語でなさいますか？」

「……うーん、それは難しいな。英会話は挨拶とか買い物ができるくらいだし」

「わかりました。オレが通訳を探します。少々お時間をいただいて、ここで電話をしてもよろしいでしょうか？」

「ああ、もちろん、かまわんよ。遠慮なくどうぞ」

ありがとうございます、と深々とお辞儀をすると、さっそく仁志起はスマートフォンを引っぱり出して電話をかけた。こんな時に頼れるのは一人しかいない。相手が出た途端、食いつかんばかりに話し始める。

「もしもし、羽田先輩！　佐藤です、緊急事態なんです、今いいですか？」

『いいよ、なんだ？』

「今夜の講演会、榛名さんがドタキャンになったんですが、お父さままである榛名崇社長が代打で出てくださることになりました。ただ、オレは今、ご一緒してるんですけど、足を捻挫していらして、大事を取って車椅子なんです」

『……わかった、それで？』

「羽田先輩にお願いしたいのは、会場の入り口にゲスト・スピーカー変更ってお知らせを出してもらいたいってのと、榛名社長のスピーチは通訳が必要になるんですが、今すぐに見つかるもんですか？」

『通訳？　これから本職を手配するのは難しいな。学生でやるしか……あ、それだったら勉強会に参加してるヤツがいるじゃないか、日本語通訳の』

「えっ、誰ですか？」

『フランツに決まってるだろう……ほら、この前、別れた彼女って日本語通訳の勉強会で知り合ったとか聞いたぞ』

どの彼女だよってか、そんなこともやっているのか、と驚いていると羽田先輩の背後が騒がしくなる。日本語が聞こえるから、他の日本人学生も一緒らしい。

『ともかく会場の変更告知は引き受けた。車椅子の受け入れもオレが確認しておくから、おまえは榛名社長をすみやかにキャンパスにお連れしてくれ』

「了解ッス……あ、フランツには、これからオレが直接交渉してみます。今夜は講演会に来てくれるって言ってたし」

　いくつか確認してから通話を切った仁志起は、やはり頼るべきは羽田先輩だったという思いを強くする。だが、まだ安心できない。これからフランツをつかまえて、それから、移動手段を決めないといけない。車椅子だったら車の乗り降りにも時間がかかるから、と考えていると握りしめたスマートフォンに着信が入った。

　こんな緊急事態にどこの誰だ、と鼻息荒く画面を睨みつけると、ジェイクだったので、ひとまず通話ボタンを押す。

『……ニシキ？　今いいかな？』

「ううん、まずい。緊急事態発生なんだ」

　仁志起は開口一番、正直に答えた。ジェイクに取り繕っても仕方がない。いや、ここで正直な気持ちを吐露できるのは、ジェイクしかいない。目の前には、のんびりお茶を飲む榛名社長がいらっしゃるが、英語だったら平気だろうと泣き言を漏らす。

「実は、講演会のゲストが急用でキャンセルになって、代わりにゲストのお父さんであるハルナ運輸の社長が来てくださることになったんだけど、英語でスピーチできない上に、ケガをしてるから車椅子なんだ」

『確かに緊急事態だ』

「うん。それで羽田先輩に連絡して、ゲスト変更の告知をお願いしたんだけど」

『だからか。たった今、僕の目の前をハタや日本人学生たちが走っていったんだ。それで何かあったのかもって心配になって電話したんだ』

「そうだったんだ、ありがとう。とにかく急いで車椅子で安全に移動する手段を決めて、日本語ができる通訳を……あ、そうだ、ジェイク！　フランツはどこにいる？」

『僕の目の前に』

そう答えた途端、ジェイクが電話の向こうでフランツを呼んだ。

『やあ、ニシキ、非常事態発生だって？』

ジェイクと代わったフランツに、仁志起はかいつまんで事情を説明した。彼は親日家で日本語も得意だが、通訳の能力は別物だ。けれど勉強会に参加するくらいなら有望か、と考えていたら、フランツは予想外のところに食いついてきた。

『……本当に？　ハルナ運輸のタカシ・ハルナだって？　流通ビジネスに革命を起こした実業家じゃないか！　彼の話が聞けるなんて感激だ！』

　僕の父がビジネスフェアで同席したことがあって、と熱っぽく語り始めたフランツは、そういえば、流通ビジネスにも関係が深い世界第二位の小売業種チェーン、バーガーズの御曹司だ。けれど、家業に熱心で素晴らしいと褒めている場合ではない。

「いや、そうじゃなくって……フランツが、榛名社長のスピーチを通訳できるかっていう確認をしたいんだけど」

『やりたい。是非、僕にまかせてくれ。通訳は勉強中だが、ハルナ運輸や流通ビジネスの知識がある僕だからこそ、できることがあると思う』

　電話越しであっても、その声からはフランツの自信が伝わってくる。

　スマートフォンを握りしめたまま、仁志起も力強く頷いた。

「わかった。フランツに頼む」

『ありがとう、ニシキの期待に応えられるように精一杯、頑張るよ……ちょっと待って、ジェイク、なんだって？　殿下のリムジン？　もう僕の話は終わったから、きみが自分で話したほうが早い』

　そんな声が遠ざかり、すぐに電話はジェイクに代わった。

『ニシキ？　殿下がリムジンを貸してくれるそうだ。シートを移動させると、車椅子にも対応できるから、今すぐ迎えに行く』

「え？　ええっ？　マジで？　すっげえ助かる！」

急転直下で話がまとまったので、当事者である仁志起も動揺を隠せなかったが、ここで浮き足立っているヒマはない。ホテルの名前を教えてから電話を切って、仁志起は深々と息を吐いた。すると榛名社長が飲みかけのお茶を手渡してくれたので、お辞儀をしながら強張った手で有り難く受け取って一息で飲み干す。

なんとか人心地がつくと、あらためて榛名社長に一礼した。

「お待たせしました！　ようやく準備ができました。信頼できる通訳も確保しましたし、車椅子のままで乗り込めるリムジンが、このホテルまでお迎えに上がりますので、それでＨＢＳのキャンパスに向かいます」

「……リムジン？　おお、それはすごいね」

「実は、僕の同期生に中東のアルスーリアの皇太子がいらっしゃいまして……その殿下が愛用のリムジンを貸してくださることになりました」

その話の流れで、自分の同期生には中東の皇太子とドイツの御曹司、英国貴族がいて、三人そろって金髪のイケメンで、キャンパスではすごい有名人だと教えると、榛名社長は驚き、息子の同期にはいなかったな、と残念がった。しかも、その話をもっと聞きたいとねだられたので、通訳をしてくれるドイツの御曹司の祖母は日本人で、父親は榛名社長に面識があるらしいと雑談しながら、外出のための着替えを手伝ううちにスイートルームのドアがノックされ、ホテルのベルボーイがあらわれた。

迎えが到着したと知らせに来た彼が榛名社長の車椅子を押し、ホテルの正面玄関にある車寄せに誘導してくれたので、仁志起もついていくと、そこには噂をすればなんとやらでリムジンの脇にデルタBの三人がそろっていた。

キャンパスから直行したせいか、ごく普通の服装だが、それでも生まれ持ったオーラが違うというか、とにかく目立っている。おかげで何かの撮影と勘違いし、ホテルの前には人だかりができるし、カメラを向ける観光客までいる。

「え？　なんで？　わけわかんない。通訳してくれるフランツやリムジンを貸してくれた殿下がいるのはわかるけど、なんでジェイクまでいるの？」

思わず、仁志起が突っ込むと、金髪の美形たちはそろって顔を見合わせた。

シェイク・アーリィやフランツが意味ありげな苦笑いをすると、ジェイクはすまし顔でリムジンのドアを開く。

「その謎の解明は後回しでもいいだろう。今は時間も限られているんだし、キャンパスにゲストをご案内することが最優先じゃないか？」

「……そ、そりゃ、そうだけど」

仁志起が言い返しても三人は取り合わず、シェイク・アーリィは自分に付き従っているシークレット・サービスに増え始めた野次馬を散らすように命じ、ジェイクとフランツはベルボーイに手を貸し、車椅子ごと榛名社長をリムジンに運び込む。

九人乗りのリムジンは、いつものシートの一部が外され、車椅子を固定するスペースに変わっていた。三人に続いて乗り込んだ仁志起は、リムジンが走り出すと、ここは自分が仕切るべきだろう、と腹を括って口を開いた。

「……ええっと、榛名社長。これからHBSのキャンパスに向かいます。あと、ご紹介が遅れてしまいましたが、奥に座っていらっしゃるのが、この車の持ち主でアルスーリアの皇太子殿下であるシェイク・アーリィです」

　この場でもっとも身分が高いシェイク・アーリィから紹介しても、榛名社長はさすがに落ちつき払っていて、ぎこちない英語ながらも礼儀正しく挨拶をする。

「はじめまして、殿下。お車をお貸しいただいて光栄です。感謝しております」

「ミスター・ハルナ、はじめまして。わたしのほうこそ、ビジネススクールで学んでいる一人の学生として、あなたとご一緒できて光栄です」

　おお、完璧な挨拶だな、と腕を伸ばしながら握手を交わす二人に感心しつつ、仁志起は隣にいるジェイクに小声で訊ねる。

「……次に紹介するのはジェイクでいいの？　順番は正しい？」

「最初に殿下というのは外交儀礼として正解だ。あとは、たいした差じゃないし」

「待てよ、ジェイク。僕はただの庶民だぞ。殿下の次は貴族のきみだろう」

「やっぱりそうだよね、フランツ？」

こそこそと囁き合っていると、榛名社長とシェイク・アーリィから笑われて、あわてて仁志起はお辞儀をする。

「失礼しました！　それから僕の隣にいるのがハーディントン伯爵ジェイク・ウォード、さらに奥が通訳を担当させていただくカール・フランツ・ベルガーです」

そう紹介すると、榛名社長はにこやかな微笑みとともに、それぞれと握手をしてから、仁志起に向かってニヤリと笑う。

「彼がジェイクくんか、佐藤くんが電話で弱音を吐いてた人だね」

「げげっ！　なんでわかったんですか！」

「話すのはうまくないけど、聞くだけなら、まあ、それなりに……そもそも同じ日本人の話す英語だったら聞き取りやすいし」

そんな日本語の会話を聞いて、フランツが笑いながら訳してしまったので、ジェイクやシェイク・アーリィまで笑い出し、仁志起は穴があったら入りたいというより、ここには穴がないので床に倒れ伏したくなる。悪事千里を走る、いや、むしろ、壁に耳あり障子に目あり、と猛省する横で、榛名社長はフランツに話しかけた。

「そういえば、フランツくんのお父上にお目にかかったことがあるって？」

「ええ。二年ほど前、ベルギーのブリュッセルで行われたビジネスフェアのバーガーズのブースで……僕の父の名前はハンス・ルドルフ・ベルガーです」

「あ、思い出した！　アーヘンのルディーさんだね、お子さんが女の子と男の子二人って言うから、うちも同じだったんで写真を見せ合って盛り上がったんだよ……だとすると、きみはおっとり呑気な長男くん？　それとも、おばあちゃんっ子の次男くん？」

　榛名社長が訊ねた途端、仁志起は遠慮なく噴き出した。

　フランツにどつかれつつも日本語がわからない二人に訳し、みんなで一緒に笑う。もう笑うしかないだろう。しかも流通ビジネスに革命を起こした二代目社長と、世界第二位の小売業種チェーンの副社長がベルギーのブリュッセルで会い、よりにもよって子供の話で意気投合したというのもおもしろすぎる。

　そんな話をするうちに、リムジンはチャールズ川沿いを走って、ＨＢＳのキャンパスに近づいていく。

　緑の向こうに見慣れた赤レンガの建物が見えてきたので、仁志起がもうすぐ到着すると羽田先輩に知らせると、すぐに返信が届いた。ゲスト・スピーカーの変更告知完了という連絡とともに会場も変更したと言われ、仁志起は驚いたが、たまたま空いていた車椅子の移動がしやすいホールに変えてもらったらしい。

　ただ、その変更先を知って顎が外れそうになった。

　真新しいガラス張りの建物は、千人近く入れる大きなホールなのだ。

　よりにもよって、と動揺しながら行き先変更をリムジンのドライバーに告げる。

しかも、ホールが近づいてくると、妙に人が多くてにぎやかだ。今夜は、ここで他にもイベントがあるんだろうか、と仁志起が首を傾げるうちに、ホール裏の関係者用ゲートにリムジンが停(と)まる。待っていてくれたのか、羽田先輩が近づいてきて、リムジンのドアが開いた途端、榛名社長に挨拶をした。

「ごぶさたしてます。榛名社長……あえて今夜は、こう呼ばせていただきますが」

「おお、雅紀(まさき)くんじゃないか、久しぶりだね。元気だったかい？」

「おかげさまで……榛名家のみなさんもお元気ですか？」

「もちろん、みんなで頑張ってるよ」

親しげな二人に仁志起は驚くが、どうやら家族ぐるみのつき合いらしい。

彼らが挨拶をする間、みんなで車椅子を下ろし、関係者用ゲートからホールに入ると、ジェイクとシェイク・アーリィは客席で講演を拝聴させてもらう、と仁志起やフランツの肩を励ますように叩いて去っていく。

ひとまず、まだ開演まで時間があるから、車椅子の榛名社長を控室に案内して、通訳のフランツが打ち合わせをしたいというのでまかせると、仁志起はこっそりホールの客席を覗(のぞ)きに行った。なにしろ告知期間が短いだけに、四、五十人集まれば御(おん)の字と思っていた講演会が、もっとも大きなホールに変更になったのだ。客席が閑散としていたら、代打を申し出てくれた榛名社長に会わせる顔がない。

だが、ステージに近いドアから客席を覗き込み、仁志起は唖然とする。

すでに前方から半分ほど埋まっているし、後方にあるドアからも、ひっきりなしに人が入ってくるのだ。大口を開けて驚いていると、ボカッと勢いよく頭を叩かれ、振り返れば同期の日本人学生が勢ぞろいしていた。

「……お、おい！　痛いぞ、今のはマジで！」

涙目になった仁志起が抗議しても、新婚の佐藤1はさらに叩いてくる。

「いやいや、佐藤2！　すごいじゃないか、ハルナ運輸の社長を引っぱり出すとは！」

「お手柄だね、講演を依頼されても滅多に引き受けないらしいし」

「さすが十四億ドルの男だ！」

「つーか、息子のドタキャンがなかったら実現しなかったな」

事情通なのか、謎の美青年である中江純が口を挟んでくると、イケメンの橘や海棠も仁志起の左右を陣取り、口々に勝手なことを言いながら肩や背中をバンバン叩く。寡黙な黒河も頷いて、のほほんとした渡利賢司も笑っているが、仁志起は首を傾げる。

「で、でも、なんで、こんなに人が集まっているんだろう？　ドタキャンからの代打で、ほとんど告知もできてないのに……」

「ああ、それはたぶん、フランツのおかげだな」

そう指摘した榊原千彰の横では、紅一点の千牧亜子が頷いた。

「スパングラー・センターのラウンジが混雑しているティータイムに突然、ハルナ運輸のタカシ・ハルナだって、彼の話が聞けるなんて感激だって、大声で叫ぶんだもの。みんな聞き耳を立ててたし、即刻SNSで拡散するに決まってるじゃない」

ＨＢＳだけじゃなくて、近隣の大学からも駆けつけるって書き込みを見たし、まだまだ増えるんじゃない、と言って客席を見渡す彼女に引きずられ、仁志起も周囲を眺めつつ、なんだか目頭が熱くなった。

途中であきらめないでよかったと思うと同時に、周囲に寄ってたかって助けてもらい、首の皮一枚で綱渡りしていることも自覚せざるを得ない。

それでも、まだ本番はこれからだ。気を緩めている場合じゃないと思い、仁志起が涙を必死になって我慢していると、ペチっと千牧から額を叩かれた。

額を押さえた仁志起がキョトンとしても、なんか叩きたくなるのよね、佐藤2って、と千牧は平然している。それをきっかけに、またしても周囲から容赦なく叩かれ、佐藤1のゲンコツを両腕で阻止し、あわや大乱闘になりそうになっていると、控室から羽田先輩が呼びに来てくれたので水入りになった。

ふと見上げてみれば、客席の左右にあるバルコニーのロイヤルボックスからジェイクとシェイク・アーリィが手を振ってくる。思わず、仁志起が手を振り返した時には、すでに七割ほどの客席が埋まっていた。

「……んじゃ、お疲れさまでした！　カンパーイ！」

　無事に終わってよかった、と口々に言いながら、それぞれのグラスを打ち合わせると、仁志起はシャンパンを味わった。

　うまい。マジでうまい。極上の味だ。こんなにうまいシャンパンは滅多にない。いや、ゲストを送り届けた最高級ホテルのバーだし、シェイク・アーリィの奢(おご)りだというから、ものすごく高価なシャンパンだと思うが、それだけじゃない。

　すべてが終わった解放感も大きいだろう。

　結果から言えば、今夜の講演会は大成功だった。

　車椅子で登壇した榛名社長も、ほとんど客席が埋まったホールに驚き、息子の代わりに来たんだが、わたしでもかまわないかな、という第一声で大きな拍手をもらっていた。

　しかも、息子はみなさんと意見交換をしたいと考えていたし、わたしも講演というのは苦手だから、ハルナ運輸の社長だけど何か質問あるっていうのをやってみたいんだが、と言い出し、ホールは大爆笑になった。

　ただ、その質疑応答の内容はめちゃくちゃ濃かった。

なにしろ、講演を聴きに集まった学生たちには遠慮がない。流通ビジネスに止まらず、日本の企業や社会全体の問題にも言及されて、榛名社長が沈思黙考する場面もあったが、柔和な人柄を感じさせつつも着眼点が鋭い返答の数々に仁志起は感銘を受けたし、通訳のファイン・プレーも際立っていた。

フランツはメモを取りながら学生からの質問を嚙みくだき、その真意を推し量りながら訳したり、榛名社長が返答に選んだ言葉のニュアンスも織り交ぜたり、英語から日本語、日本語から英語の直訳だけには終わらない名通訳ぶりだったのだ。

これは確かに、フランツでなかったら——祖母が日本人であることから親日家であり、HBSでも常に優秀な成績を誇る彼でなかったら、できないような通訳だった。しかも、すごく集中していたらしく、一時間半ほどの講演が終わって、ステージから下りた途端、床に座り込むほど疲労困憊していた。

今夜の成功はフランツなくしてはありえなかったし、榛名社長もとても喜んでくれて、仁志起も礼を言ったが、なぜか当の本人からも礼を言われてしまった。フランツいわく、日本語を覚えてから独学で通訳や翻訳を勉強し、自分がどれだけできるのか、試す機会が一度もなかった、だから今夜は素晴らしい経験ができたと。

おばあちゃんっ子というか、日本人である祖母を慕うだけで、ここまで頑張るのか、と仁志起としては感心するばかりだ。

ともかく無事に講演会が終わって、その後に開かれたゲストを囲む懇親会は足のケガも心配なので短時間で終わらせると、今夜は楽しかった、とご満悦な榛名社長をあらためてリムジンで宿泊先のホテルまで送り届けた。

スイートルームには先にパーティーから戻っていた息子が待ちかまえていたが、すでに羽田先輩に連絡をもらって事情は知っていたようで、親父が無茶を言い出してすまん、と謝られ、めちゃくちゃ恐縮した。

そんなわけで、ようやく講演会の企画運営としてのすべての仕事が終了した仁志起は、せっかくだからここで打ち上げをしないか、とシェイク・アーリィに誘われ、フランツやジェイクとともに、ホテルのバーに来たのだった。

王族や貴族というセレブが一緒のせいか、バーの奥まったところにあるＶＩＰルームに案内してもらって、美しい夜景は独占できるし、シャンパンや料理もうまいし、緑の多いガーデンテラスから気持ちのいい夜風に乗り、バーのステージで演奏されているジャズも聞こえてきて、もう最高の気分だ。

それにしても、今夜は本当に周囲に助けられたと、しみじみ考える。

ゲストのドタキャンや変更という緊急事態が発生しても、最初に電話をした羽田先輩はあわてることなく落ちついて対応してくれたし、日本人学生が走っていくのを見て異変を察し、仁志起に電話をくれたジェイクにも大感謝だ。

仁志起がフランツに事情を説明している間、シェイク・アーリィのリムジンをゲストの送迎に使えないかと思いついて交渉してくれたというし、シェイク・アーリィにしても、自分が動くとなったらシークレット・サービスに相談しないといけないから面倒なのに、快く引き受けてくれたらしい。

とにかく、みんなが力を合わせて、自分を助けてくれたことが有り難いし、ものすごく嬉しかったし、そう考えるだけで胸が熱くなる。やたらとうまいシャンパンを飲みつつ、じわりと目が潤んでくると、隣に座るジェイクに顔を覗き込まれた。

「……ニシキ？　おとなしいね、どうしたんだい？」

「もう酔いが回ったんじゃないか？」

「だけど、どっちかっていうと、ニシキは酔うとにぎやかだよ」

シェイク・アーリィとフランツが言い合う横で、ジェイクはすまして答える。

「いや、さまざまなパターンがあったから一概には言えないな。酔っぱらって踊り出す、歌い出す、宙返りをする、号泣する、爆睡する……その他に、熱心に僕を口説くといったパターンもあるし」

それを聞き、シェイク・アーリィとフランツは大爆笑だ。

ＶＩＰルームは個室になっているとはいえ、それを言うかと突っ込みたいところだが、おかげで出かかった涙が引っ込んだのは有り難い。

仁志起は考えをまとめるように天を仰ぎ、腕組みをしながら言った。

「ちょっと考えてたんだよ、講演会が無事に終わって嬉しくって……どうして、みんながオレのことを助けてくれるんだろうって」

ジェイクは絶妙のタイミングで電話をくれるし、フランツは通訳で大活躍してくれて、殿下はリムジンを貸してくれて、羽田先輩もバックアップしてくれたし、榛名社長も自ら代打を申し出てくれたり、どれもこれもめちゃくちゃ有り難くてラッキーだったけど、と首を傾げる。

すると、金髪の三人は整った顔を見合わせた途端、いきなり笑い出した。

フランツは仰け反って、笑い上戸のプリンスに至ってはソファに突っ伏し、ジェイクは珍しいことに抱きついてくるし、さすがに仁志起は憮然とする。

すると、どうにか笑いを収めたジェイクが仁志起の顔を覗き込んだ。

「質問してもいいかな、ニシキ？」

「……いいよ？」

ぼそっと答えると、ジェイクは重々しく頷く。

「最初に確認させてもらうが……ニシキの疑問は、窮地に追い込まれた時、誰もが自分に手を貸してくれた理由が知りたいということでいいだろうか？」

「う、うん……まあ、そういうことかも」

まるで授業中、ビジネスの問題点を整理するかのように言われ、仁志起は鼻白みつつも頷いた。いまだに笑っているシェイク・アーリィとフランツも興味深そうに見守る中で、ジェイクは片手で眼鏡の位置を直し、さらに続ける。

「それなら、たとえば僕や殿下、フランツがそんな窮地に立たされていた場合、ニシキは気づいてしまっても見て見ぬふりをするかい？　それとも、自分に助けを求められるまで放っておく？」

「え？　目の前で困ってるなら、オレにできることならなんでもするよ。たいしたことはできないと思うけど、放っておくなんて無理だし」

そう答えた途端、またしても三人は笑い出し、仁志起は戸惑うばかりだ。

グラスのシャンパンを飲み干し、仏頂面になっていると、ジェイクが機嫌を取るように微笑みかけてくる。

「……ところで話は変わるが、ロイヤルボックスから見ていて、うらやましかったことをやってもいいかな？」

「うらやましかったことォ？」

訝しげに繰り返した途端、ジェイクは手を伸ばし、ペチっと仁志起の額を叩いた。

あわてて両手で額を押さえつつ、そういえば開演前の客席で同期の千牧から同じことをやられたと思い出す。ジェイクはどうやら、それを上から見ていたらしい。

こんなことがうらやましいとか、やりたくなるとか、やっぱり英国紳士は謎だらけだと首を傾げながら仁志起は言った。

「……んで？　オレの疑問の答えは？　なんでみんな、オレを助けてくれんの？」

「ニシキが自分で今、答えを言ったじゃないか」

そう言われ、仁志起がキョトンとしても、ジェイクだけでなく、シェイク・アーリィとフランツまで頷いているので、いっそう謎は深まる。

あまりにも鈍い自分に腹が立ってくると、仁志起の顔に浮かんだ疑問符が見えるのか、ジェイクが苦笑気味に解説してくれた。

「いいかい、ニシキ？　友人が目の前で困っているなら、できることならなんでもする、放っておくことなんてできないと言うニシキを……そう思ってもらっている友人だって、同じように思っているんだよ」

「……同じように？」

ああ、とジェイクは頷きながら微笑んだ。

向かいに座っているシェイク・アーリィとフランツも。

今の解説のおかげで、酔いが回って鈍さが増した頭でも理解できたような気がする。

仁志起がみんなに何かあったら手を貸したい、助けたいと思っているように、みんなも同じように思っている——そう聞くと、有り難いやら情けないやら胸がいっぱいになる。

なにしろ、自分はやらかしてばかりなのだ。しかも、仁志起がしでかした失敗の数々を、もっとも近くで見てきたジェイクからそんな解説をされて、さっき引っ込んだはずの涙がまたしてもこみ上げてくる。

（ちくしょー！　今夜はオレ、号泣コースかも……）

そう思った瞬間——ガサガサガサッ、と不審な音が聞こえてきた。

音がした方向を振り返ると、開け放した窓の外、ガーデンテラスの緑の生け垣の下から金色のモフモフ、いや、小太りのゴールデン・レトリーバーが飛び出してくる。

「……オ、オライオン？　おまえ、どっから出てきたんだよっ！」

目を丸くして驚いている仁志起に、バウっと嬉しそうに吠えながら飛びついてきたのは隣のバートン・ファミリーの愛犬、オライオンだった。

乱入してきた大型犬に飛びかかられて、ハアハアと鼻息も荒く大きな舌に舐め回される仁志起を見て、金髪の美形たちはそろいもそろって助けることもなく笑い転げているし、その騒ぎを訝しみ、ＶＩＰルームのドアの前で待機していたシークレット・サービスまであわてて飛び込んでくるし、ガーデンテラスの生け垣の向こうでは愛犬の名前を繰り返すバートン夫人の美しいソプラノも聞こえてくる。

愛犬を迎えに来たバートン夫妻は恐縮していたが、今夜は音楽一家の長男がステージでピアノを弾くので、オライオンと一緒に聴きに来ていたらしい。

よかったら一緒に、とシェイク・アーリィから勧められ、バートン夫妻がシャンパンを飲みながら話してくれたところによると、ここにはよく連れてくるというオライオンは、いつもならテーブルの下でおとなしくしているそうだ。

当の本人ならぬ本犬は、仁志起の足元にお座りし、自慢げに鼻を鳴らしている。犬の嗅覚は人間の何千倍というし、警察犬とか救助犬の有能さも聞き及んでいるが、仁志起が目を向けるたびに、ニコニコと笑うように大きな舌を出すオライオンを見ると、その能力をもっと有益なことに使うべきだと思わないこともない。

しばらくおしゃべりを楽しんでから、これから今夜最後のステージ演奏があるので、とバートン夫妻はオライオンをなだめすかしながら戻っていった。確かに、VIPルームはステージのあるメインフロアと離れているので演奏を楽しむには物足りない。

すると、自分もちゃんと聴きたい、とシェイク・アーリィが言い出し、それもそうだ、せっかくの機会なんだし、と仁志起たちも賛同すると、シークレット・サービスが店内を確認してから許可を出すという。

だったら、その間にトイレに行ってくるよ、と仁志起はVIPルームを出た。

シャンパンがうますぎて飲みすぎたかも、と思うが、お目付け役である恋人が一緒だと安心して飲めるし、だからこそ余計にうまいのかも、とニヤニヤしながらトイレを出て、薄暗い通路を歩いていると、いきなり声をかけられた。

「……おい、チビ。今夜は大成功だったな」

仁志起は怪訝な顔で足を止める。

バーの壁際に並ぶボックス席に座っているのは、ダン・マクレガーだった。

なんで彼がここにいるのか、仁志起はまるでわからなくて絶句する。

しかも、ニヤニヤと笑いながら親しげに呼び止めた理由も。

なにしろ、ダンを最後に見たのは、不愉快極まりない態度で台無しにされたサッカーの親善試合なのだ。こんなふうに声をかけてくるのも謎だし、ここで親善試合の時のように嫌味を言われるのも不愉快だ。

それだけに仁志起が黙っていると、ダンはやたらと陽気に言った。

「おい、だんまりか？　十四億ドルの男が流通ビジネスの大物を呼びつけたというから、オレもわざわざ講演会に行ってやったんだぞ。しかも大盛況だったじゃないか。会場まで急遽、大きなホールに変更したほど」

どれもこれも事実に反するし、誤解されているが、講演会に来たのは確かなようだし、仁志起は渋々と礼を言った。

「ありがとう、講演会に来てくれて……それじゃ」

「待てって、おい！　せっかくだから今夜の成功を祝って、一杯奢らせてくれ」

「……遠慮する。今夜は飲みすぎだし」

「いいだろう、もう一杯くらい！　たいした量じゃないぞ」

そう言いながら、ダンはテーブルに並べてあった二つのグラスに、シャンパンを注いで勧めてくる。ここから一刻も早く立ち去りたくて、あれこれと言い合うよりも、さっさと飲んでVIPルームに戻ろうと、仁志起はグラスを手に取った。

ダンも満面の笑みでグラスを高く掲げる。

「じゃあ、今夜に乾杯だ！」

「……乾杯」

ぼそりと言って、仁志起は一気に飲み干す。

しかし、飲みすぎたせいか、どことなく妙な味だ。さっきまで、シェイク・アーリィが厳選した最高級のシャンパンをガブ飲みしていたせいで、すっかり舌が肥えたというか、贅沢になってしまったのだろうか？　ホテルのバーでおかしなものを出すはずもないが、なんだか舌は痺れてくるし、目も回ってくるし、足元がおぼつかずにふらつくと、ダンがわざとらしく手を伸ばしてきた。

「おいおい、飲みすぎだぞ。しょうがないヤツだな」

そう言いながら立ち上がって、抱きかかえるように身体を支えてくれるが、たった今、もう一杯くらいと強引に乾杯させたのは誰だ、つーか、オレに触るな、気持ちが悪い、と突っ込みたくてても声が出ないし、自分の足で立っていられない。

シャンパンの味がおかしかったのは何か入れられていたせいかも、と思いついた瞬間に仁志起の意識はブラックアウトしていた。

ハアハア、という鼻息がうるさくて、仁志起は無意識に手で払う。またしてもオライオンか、やたらと賢い大型犬に好かれるのも大変だな、と考えながら顔を背けようとして動けないことに気づいた。そもそも手で払ったつもりだったが、腕が重くて上がっていない。

(なんだこれ、っていうか……オレ、どこにいるんだ、今？)

そう独りごち、仁志起は顔をしかめる。

胸はムカムカするし、いつの間にか吐いたようで、口の中も嫌な感じがする。

しかも目を開けようとしても、いつまでたっても視界は真っ暗だ。

こんなに重労働だったかと思うほど、まぶたが重くて開けられないのだ。いや、手足もだるくて、どこまでも沈んでいきそうなほど全身が重い。だが、朦朧とする意識の中で、アラームが点滅し、鳴り響いている。本能というか、野性の勘というか、とにかく何かが寝ている場合じゃないぞ、と訴えていた。

仁志起は渾身の力を振りしぼって、やっとのことで薄目を開く。

するとうす暗い天井が見えてきた。どうやら、ここはホテルの客室のようだ。間接照明に照らされ、大の字になった自分の足元で何かが動いている。鼻息荒く呼吸をしているが、オライオンじゃない。犬よりも大きいし、人間ならかなり体格がいい。

しかも、その巨体の男は着衣を乱し、興奮しきった自分の性器を晒していた。

「ダ……ダン？」

仁志起は叫んだつもりだが、呻くような声しか出なかった。

すると、ダンはゲラゲラ笑い出し、居丈高に言った。

「ずいぶん早いな、もう気がついたのか？　また背負い投げなんかされたら面倒だから、普通だったら一錠だが、おまえのグラスにはたっぷりと入れておいたのに」

嘲笑うように告げられ、一気に記憶が甦る。

バーのボックス席にいたダンから呼び止められ、強引に勧められたシャンパンの中に、レイプ・ドラッグのような薬物が入れられていたに違いない。自分の迂闊さを悔やんでも後の祭りだが、ダンがこんなことをするなんて誰が考えるだろうか？

（つーか、これって……マジでレイプか？）

そう気づいた仁志起は愕然とする。

非合意の上で性行為を強要しているから、これこそ、まさしくレイプだ。

ダンはニヤニヤと笑いながら、ぐったりと横たわった仁志起の身体を跨ぎ、誇らしげに勃起した自分の性器を扱いている。さすがに体格もいいだけに大きいといえば大きいが、ニョロリとして赤黒く、めちゃくちゃ気持ちが悪い。近寄るな、つーか、服が汚れるからやめろ、また吐くぞ、と言いたいが、どうやっても呻くような声しか出せない。

しかも、その声を聞き、ダンは高らかに笑った。

「なんだよ、おまえも嬉しいのか？　まあ、そうだろうな。ずっと狙っていたオレから、ついに突っ込んでもらえるんだからな！」

（……はああ？）

仁志起は自分の耳を疑った。

おかしな薬を盛られ、聴覚に異常を来したとしか思えないようなことが聞こえてきて、驚愕する仁志起をよそに、ダンは悦に入ったように続ける。

「よく考えてみれば、オレを投げ飛ばしたことだって、おまえなりにオレの気を引こうと必死だったんだな。そうとわかってみれば、顔を合わせるたびに逃げるように消えたのも照れてたってことか！」

（はあああああああああああっ？）

心の中で叫び、仁志起は呆然とするしかない。

寝言は寝て言え、とはこのことだ。

しかも、薬物を盛られたせいで身動きもできない相手を跨ぎながら見下ろし、やたらと興奮しているダンは、自ら勃起した性器をせわしなく扱いて独り言を呟く。

だが、その独り言というか、譫言（うわごと）はめちゃくちゃ薄気味悪かった。聞いているだけでも虫酸（むしず）が走るし、無性に腹が立ってくる。

なにしろ、ダンの勝手な言い分によれば、仁志起のやることなすことすべて、自分への求愛行動（アピール）だったらしい。だからHBSを退学してもSNSを使い、ジャパン・トレックやサマーインターンの情報を探し、サッカーの親善試合や今夜の講演会もストーカー並みに調べ上げたようだ。いろいろおかしいが、本人の中で矛盾はないらしく、仁志起の好意に自分は応えてやっただけだと主張している。

衆人環視の中で背負い投げを食らい、恥をかかされたダンは逆恨みコースまっしぐらと思っていたが、これは初めてというよりも斜め上の展開だ。

その上、薬物を使い、レイプ行為に及ぶのも、これが初めてではないらしい。

ダンは勃起した性器を自慢げに見せつけながら繰り返すからだ。

最初はああだこうだと文句を言って泣き叫んでいても、オレが突っ込んでやった途端、誰だってアンアンと喜んでいると。

いや、それって絶対に違うぞ、と言い返したいが、そんな状況でもない。

ダンの鼻息が荒々しくなるのと反比例して、仁志起はどんどん冷静になってくる。

薬物を盛られてから、どれだけ時間が経ったか、まるでわからないが、トイレに行くと出てきたんだし、いつまで待っても仁志起が戻らなければ、ジェイクはきっとおかしいと気づいてくれるはずだ。

そんなに長い時間が経ったと思えないから、ここはバーのあるホテルの客室だろうし、それだったら、みんなが見つけてくれる可能性だって残っている。

しかし、状況を変えたいと思っても、身体がまったく言うことを聞かなかった。

手足を拘束されていないのは、小柄だから舐められているというよりも、それほど強い薬物を盛られたということだろうか？

だが、あきらめたくない仁志起は、とにかく指先を動かすことに集中する。

次第に手を開いたり、閉じたりができるようになってくると、じんわりと身体の感覚も戻ってきたので、この薬物は即効性があっても持続時間は短いのかもしれないと考える。

それなら逃げるチャンスもあるはずだ。

けれど、そう思っているうちに、ダンが手を伸ばしてきた。

「待たせたな、そろそろ味見をしてやるぞ」

「……さ、さわ、る、なっ！」

仁志起は喘ぐように言い返し、抵抗を試みるが、どうにも力が入らない。

ダンの手を振り払い、身体を横にひねっても、そのまま、突っ伏してしまった。

するとダンはやたらと嬉しそうに高笑いをする。

「おお、そうか！　おまえは後ろから突っ込まれるほうが嬉しいんだな」

だったら望み通りにしてやろう、とダンは両手でつかんだ仁志起の腰を引き寄せるが、両肘で這うように逃げ出した。

すると、ジャケットをつかんで引き戻されたので、身をくねらせて脱ぎ捨てる。

そのうち、あまりにも必死になって抵抗するせいで、ワイシャツの襟元から引き抜いたネクタイで後ろ手に縛られそうになり、無我夢中で腕を引っぱると、仁志起の手のひらがダンの横っ面を叩いた。

平手打ちというには弱々しいが、ダンは舌打ちする。

「可愛がってほしけりゃおとなしくしろ！　あのこうるさい神経質なイギリス人みたいにスキャンダルを掘り起こして、アメリカにいられなくしてやるぞ！」

「……は、あああぁ？」

仁志起は思わず、声が出てしまった。

今の言葉、すべてに突っ込みを入れたい。可愛がってほしいなんて頼んでもいないし、ジェイクは神経質じゃないし、スキャンダルなんて事実とは違うし、そもそもアメリカに滞在するためにダンの許可など必要ない。

けれど、仁志起が肩越しに睨みつけると、ダンはニヤリと笑う。

「あのイギリス人は、いつだって目障りで不愉快なんだよ。ふんぞり返って偉そうだし、オレに歯向かってくるし、何様だと思ってやがるんだ！　おまえがオレに気があるから、気に入らないんん……ぐあぁっ！」

言いかけた言葉を、ダンはすべて言えなかった。

全身全霊を込めた一発をぶちかまし、仁志起が殴り飛ばしたからだ。

黒帯は伊達じゃないし、そこまで鍛練を積んだ武道家を舐めるな、と言いたい。

勢い余って、ベッドから転がり落ちてしまったので、その一発がどこに決まったのか、確認できないが、それよりも今は逃げることが先だ。

腰が立たないので床を這い、起き上がったダンが伸ばしてきた手を力一杯蹴り払うと、罵声が聞こえてくる。

「こ、このチビ……そんなに、オレを怒らせたいのか！」

「うるせえ！　オレはとっくに怒ってるよッ！」

吐き捨てるように怒鳴った仁志起は、左足首をつかまれそうになると右足で思いっきり蹴り飛ばした。利き足の一撃がダンの胸元に決まり、骨が折れる鈍い音も聞こえてくる。あばらがいったな、とほくそ笑みながら床を這い続けて、はるか遠くにあるように思えたバスルームに転がり込む。耳鳴りはするし、視界はかすんでくるが、それでも震える指で鍵をかけて、ドアの前に倒れ込んだ。

これで自分の身体がドアのストッパーというか、バリケードになったはずだ。

あとは、ホテルのバスルームなら、たいていバスタブの近くにある非常ベルを押したらスタッフが駆けつけてくれる。

だが、もう限界が近づいていた。無理に動いたせいか、目が回る。

バスルームの外は騒々しくて、怒鳴り声やドンドンとドアを叩く音も聞こえてくるが、それが子守歌に聞こえるレベルで意識が遠退いていく。

いくらなんでも、ドアをこじ開けられたらわかるはずだと願いながら、仁志起は一瞬、気を失っていたらしい。

ガリガリと引っかいたり、壁を削るような音が聞こえてくる。

どうやら、この音に起こされたようだ。しかも、グイグイ背中を押される感じがして、ドアの鍵が開けられたと気づいた仁志起が警戒を強めると——ウォーン、ウォオーン、と犬の遠吠えが聞こえた瞬間。

「ニシキ？　そこにいるのか、ニシキ！」

「……ジェイク？」

「ああ、もう安全だ。ドアを開けるからどいて」

その声を聞いて、床に突っ伏していた仁志起が転がるように移動すると、バスルームのドアが勢いよく開き、オライオンとともに入ってきたジェイクが膝をついた。

「ニシキ、無事だったか！」

答えるよりも先に両手を伸ばし、仁志起は恋人の胸に倒れ込んだ。

きつく抱きしめられ、心の底から安堵しつつ、横から割り込むオライオンには鼻息荒くベロベロと顔中を舐められて、なんだか無性に嬉しくなる。もういい、認めよう。自分は金髪が好きだ――いや、金色なら、なんだって好きだ。金髪碧眼の恋人も、やたらと賢いゴールデン・レトリーバーも。


（……すっげえ長い、大変な一日だったなあ）

そう独りごち、仁志起は熱い湯に鼻先まで沈み込む。

日本人には風呂が必要だ。シャワーだけでは絶対にダメだ。バスタブが必須だ。

夜遅くなってから帰宅して、あちこち痛む身体をバスタブに沈めると、やっと仁志起は一息つけたような気がした。

もともと朝から授業がびっしり三科目で、さらには夜に日本人会主催の講演会もあり、それがドタキャンとかゲスト変更で大騒ぎだったが、なんとか無事に終わったところで、拉致とレイプ未遂だ。

ジェイクとオライオンに発見してもらった後も、まだまだ大変だった。

ホテルに呼ばれた医師に診察されたり、警察もやってきて事情聴取をされた。

それでも次第に薬物の効果も抜けてきて、後遺症の心配も特にないと言ってもらって、這い回った時にできた擦り傷の消毒をしてもらう間、警官に起こったことをありのままに話した。ダンは現行犯逮捕でとっくに連行されていたので、今夜は事実確認だけでいいと言われたからだ。

なにしろ、仁志起が戻ってこない、しかもトイレやバーの店内にも姿が見当たらないとわかってからのジェイクたちの行動は迅速だった。

シェイク・アーリィがシークレット・サービスに命じて、バーのスタッフの目撃情報を集めると、酔った連れが吐きそうだと抱きかかえて出ていったボックス席の客が怪しいとわかり、ただちにホテルの防犯カメラの映像を確認させたのだ。

おかげで、あっという間に該当の客がダンであり、偽名も使わずに宿泊中とわかって、客室を確かめようと決めた時、またしてもオライオンがいなくなったと聞き、ジェイクは急いだほうがいいと確信したらしい。

しかも宿泊中の階に向かったら、行方不明だったオライオンが走り回って吠えていて、マスターキーを持ってきたベルボーイが客室のドアを開けた途端、バスルームの前にいたダンに飛びかかったそうだ。

下半身を丸出しで廊下に逃げ出したダンは、すぐさまホテルの警備員に拘束されたが、客室内に仁志起の姿が見つからず、ジェイクたちが青褪めていると、バスルームのドアに体当たりを繰り返すオライオンに気づいて、こちらの鍵もあわてて開けてもらったという顛末だった。

終わってみると一時間半ほどのことだったが、仁志起には永遠に思えた。

意外だったのは、いつも飄々としているシェイク・アーリィが激怒していることだ。ホテルのバーで飲もうと誘ったのは自分だから、信頼できる弁護士を用意し、ダンにはそれ相応の刑罰をきっちり受けさせると意気込んでいた。

フランツが言うには、どれほど欧米での留学生活が長かろうと、シェイク・アーリィは中東の王族であり、アラビア半島の砂漠に住む遊牧民のように、自分の招いた客に危害を加えた相手には容赦しないようだ。

そんなわけで、医師の診察や警察の事情聴取を受けるために、ホテルが用意してくれたスイートルームで、このまま泊まっていってもかまわない、支払いはわたしのほうに、と言ってもらったけれど、仁志起は首を振った。

確かに、その場で目を閉じたら眠れそうなほど疲れ果てていたが、それでも、やっぱり帰りたいと言い、ジェイクやフランツ——そして、ずっと足元から離れようとしなかったオライオンとともに、いつものリムジンで家まで送ってもらったのだ。

家に到着し、仁志起が労をねぎらって金色の毛並みを撫で回すと、オライオンもやっと安心したようで、一緒に帰ってきたバートン夫妻と自分の家に入っていった。

そして、ものすごく疲れた一日の最後は、何がなくても風呂だと思い、仁志起は二階のバスルームに直行した。日本から持ってきた入浴剤を入れ、しっかりと温まった仁志起がよく借りているジェイクのバスローブを羽織って、ボトルの水を飲みながら出てくると、声が聞こえてきた。

「わかったって殿下に伝えてくれ……ああ、ニシキ、バスルームは空いた？」

そう言いつつ、ジェイクの部屋から出てきたのはフランツだった。

「空いたよ、お次どうぞ」

「今夜はどこ？」

「道後」

どこだろう、ドーゴって、と呟いたフランツは自分のスマートフォンで検索をしつつ、バスルームに向かう。入浴剤になる名湯の地名で日本地理を学んでいるドイツ人なんて、フランツぐらいだろう。親日家おそるべし。

仁志起が苦笑していると、部屋で電話中だったジェイクが手招きをしてくれる。

殿下だけど代わろうか、と問いかけられ、仁志起が首を左右に振るとジェイクは頷き、シェイク・アーリィとの電話を切ってから近づいてくる。

「殿下からの情報によると、ダンは肋骨と前歯が折れていたそうだ」

「……手加減できなかったし、する気もなかった」

そう吐き捨てるように答えると、ジェイクが頷きながら仁志起を抱き寄せてくれた。

去年、ラウンジで背負い投げを決めた時には、先に手を出したことを猛省したが、今はざまあみろとしか思わない。もっと折ってやってもよかったし、やたらと見せつけていた性器をぺしゃんこに踏みつぶし、二度と使えなくしてやりたかった。

仁志起は心の底から怒っていた。

薬物を使って相手の自由を奪った上で性行為を強要するなんて、男としては最悪だし、人としても最低だ。しかも、ダンは自分が性的に興奮し、満足することしか興味がなくて相手のことなど、これっぽっちも考えていなかった。

腹立たしいとか許せないというより、仁志起は怖かった。自分という人間を、一方的に踏み荒らすように壊そうとする理不尽な暴力が――それが怖かったからこそ、心の底から腹が立ったのだ。自分が、あまりにも無力であることに。

口唇を噛みしめた仁志起が両腕に力を込めてしがみつくと、ジェイクも同じように強く抱きしめてくれる。頭や背中を撫でてもらっているだけでも気持ちがよかったが、そっと顎先を持ち上げられて、額や目尻、さらに鼻先にもキスをされると嬉しくて、自分からもジェイクに口唇を押しつけた。

はっきりいって、キスとも呼べないような、ヘタクソなキスだ。

それでも、ジェイクは微笑み、キスを返してくれる。

仁志起が大好きな恋人のキスだった。

とろけるように甘くて、ぬくもりが優しくて、なんだか目頭が熱くなる——と思ったらどこからか、スマートフォンの着信音が聞こえてきた。しかも無視を続けても、ちっとも鳴り止まない。これには、さすがに二人で苦笑してしまった。

「……出たほうがいいかな？」

「いいと思うよ、急用かもしれないし」

そう答えながらウインクを投げてきたジェイクに、ペチっと額を叩かれる。

どうやら、かなり気に入ったらしい。これも英国紳士の謎だと思いながらも、仁志起は着信音を頼りにスマートフォンを探し始めた。風呂に入る前、ハシゴのような階段の上に脱ぎ捨てていたスーツの上下を拾い、そのポケットからスマートフォンを発見し、相手を確認すると、セクションCの委員長スコットだった。

こんな真夜中になんだよ、と顔をしかめながら通話ボタンを押す。

『やあ、ニシキ！　今夜の講演会、すごかったらしいね。ハルナ運輸のタカシ・ハルナが来たんだって？　さすが、十四億ドルの男だ。みんながとてもよかったって褒めてるし、僕は行き損ねて本当に残念だよ』

スコットが息も継がずにまくし立ててくるせいで、仁志起は一言も挟む隙がないまま、スマートフォンを片手にジェイクの部屋に戻ってきた。

すると部屋のドアを閉めてから、ジェイクは二人掛けのソファに腰を下ろし、仁志起を手招きしてくれた。隣に座ると、声を出さずに相手は誰かと訊かれ、セクションメイトのスコットだと口の動きだけで答えてから、なんとかマシンガントークの隙間を見つけて、仁志起は電話の向こうに告げた。

「スコット、オレ、もう寝るところなんだ。忙しい一日だったから疲れてるし……だから用があるなら、さっさと言ってほしいんだけど」

『それはすまない。この前、頼んだマイテイクの件だよ。検討してくれた？』

そう言われ、ようやく思い出した。学生がセクションメイトを前に、自らの口で半生を語るマイテイクをやってほしいと頼まれていたことを。

「……あ、ああ、あれか。ごめん、講演会の準備で忙しかったから」

『だけど講演会は今夜、終わったんだろう？』

そう切り返し、狙ったかのように、このタイミングで確認してくるあたり、スコットは狡猾だ。意地でも仁志起にやらせたいらしい。頼むよ、十四億ドルの男、と繰り返され、今すぐ断りたくなるが、隣で待っている英国紳士が手を伸ばし、ペチペチと額を叩くのを振り払いながら、ふと思いつく。

「わかったよ、スコット。返事は明日……ああ、もう今日になっちゃったが、あらためて連絡する。オレにちょっとアイディアがあるから」

『それは楽しみだ！　なるべく早く頼むよ。待ってるから！』

そう答えるや否や、スコットは即座に電話を切った。わかりやすいというより、いくらなんでも現金すぎるぞ、と思いつつも、今夜はもう邪魔されたくなかったので、仁志起はスマートフォンの電源を切り、水のボトルを置いたテーブルに放り出す。もう深夜だし、榛名父子に講演会のお礼メールを出すのも、朝になってからでいいだろう。

するると、ジェイクが訊ねてきた。

「スコットはなんだって？」

「マイテイクをやってほしいんだってさ、十四億ドルの男に」

そう答えると、ジェイクは口笛を吹いた。おもしろがっているな、と横目で睨んでも、にこやかに微笑み返してくる。

「やればいいじゃないか、ニシキ。いいアイディアがあるんだろう？」

「オレはいいよ。語るような半生じゃないから……それより、ねえ、ジェイク？　オレのアイディアって聞きたい？」

形は問いかけだったが、むしろ、聞いてくれとばかりに真正面から向き直って言うと、ジェイクは頷いた。

「オレ、ジェイクにやってもらいたいんだ。マイテイクを」

そう告げると、青い目が意外そうに丸くなる。

だが、仁志起は本気だった。ここ最近——正しくは、ジェイクがノーザンバー公爵家のスキャンダルの真相を打ち明けてくれてからというもの、モヤモヤとわだかまる気持ちをどう伝えようかと悩み、うつむきがちに腕を組みながら呟く。

「オレ、ずっと考えてたんだ……ノーザンバー公爵家や、お祖父さんや伯父さんのことをジェイクに聞いてから、心の奥が重いっていうか、なんだかつらくって」

するとジェイクが口を開こうとしたので、仁志起は首を振る。

「謝らなくてもいいからね。オレは聞きたかったし、知りたかったんだから……ちゃんとジェイクの口から話してもらえて嬉しかったよ。それに、噂や憶測で騒ぐような連中には何も言わないってのも正しいと思ってる」

オレだって、なんにも知らないくせに勝手なことを言っている連中には、ヤスミンとかリンダと同じように腹が立っているんだから、と呟いた途端、苦笑を浮かべたジェイクに抱き寄せられた。

「謝ったりしないよ。ありがとう、ニシキ……ここだけの話だが、実はこの前、無理矢理押しかけてきた二人にも感謝してるんだ」

「あれはオレもだよ」

リンダが作ってくれたガンボや殿下が淹れてくれたチャイもうまかったし、と呟くと、ジェイクが微笑んでいる気配がした。みんなが心配していたことが、ちゃんとジェイクに伝わっていたとわかって、仁志起も安堵しながら続ける。

「わかってるんだ、オレも……どんな時だって心配してくれる人がいるように、どんなに話しても、ちっとも理解してくれない相手もいるってことは」

その最たるものがダンだろう。自分の考えを押しつけてくるだけで、自分以外のことは何も考えていない。怒りを通り越し、恐怖すら感じるほど、話が通じなかった。

仁志起は小柄で童顔なので、いつも体格的に劣っていたり、年齢相応に見えないことで一方的に侮(あなど)られ、幼い頃はいじめられた。だが、先入観で勝手なイメージを持たれても、勘違いに気づけば態度を改めてくれる人も少なくない。ジェイクの弟、ジェイミーだってそうだ。わかってくれる人は必ずいる——そう信じるからこそ、仁志起は自分は自分だと頑張ってこられたのだ。

それだけに、最初からあきらめることには抵抗を感じる。

噂や憶測に振り回されるような相手には期待できないとしても、ノーザンバー公爵家のスキャンダルを聞き、リンダやヤスミンのように憤ったり、自分が知っているジェイクを思い出し、信じられないと疑い、心配していた人もいるはずだ。何も言わないままでは、そういった人たちまで切り捨てるようでつらいのだ。

もちろん、そんな考えを、きれいごとだと嘲笑う人もいるだろう。それでも仁志起はあきらめたくなかったし、信じていたいのだ。最善を尽くし、言葉を重ねれば、ちゃんと伝わる人もいると。

「噂や憶測を鵜呑みにして大騒ぎするような人もいるけど、何も言わなくても、心配して気にかけている人だって、絶対にいると思うから……だから、ジェイクが、マイテイクで話してくれたらって思ったんだ」

話せること、話したいことだけでもかまわないし、マイテイクならセクションメイトが相手だし、これまで同じ教室で勉強してきた仲間なんだし、ちゃんと耳を傾けてくれると思うし、と仁志起は訴える。

好き勝手なことを言いふらす連中なんか、どうでもいいのだ。それよりも、ジェイクを知っていて、噂や憶測に惑わされ、心配している人のために話してほしかった。誰よりも仁志起自身がジェイクから話を聞くまで不安で、心配だったからだ。

「ダンみたいに、なんでも都合よくでっち上げるバカもいるけど、ちゃんと説明すれば、わかってくれる人だって絶対にいると思うんだ……ジェイクが大切に思っていることや、守ってきたものを」

ちゃんとオレにも伝わったんだから、と囁くように告げる。

すると、ジェイクが笑っている気配がした。

ここは笑うところだろうか、と首を傾げた仁志起が腕の中から見上げてみると、やはり笑っていた。それも、なんというか、やたらと嬉しそうに。

「……ジェイク、どうして笑ってるの？」

「ん？　笑ってるかな？」

「笑ってるよ」

頷いた仁志起はもぞもぞと手を伸ばし、口角が上がって、優しく微笑む形を作っている口元を指先でなぞった。すると、ジェイクはさらに笑みを深めて、なぞる指先をつかみ、軽い音を立ててキスをしながら呟く。

「考えてたんだ……ニシキにも伝わったから、ちゃんと説明すればわかる人もいるとは、いったいどういう根拠なのかと」

「根拠？　だって、オレって鈍いじゃん。鈍いオレでもわかるなら、他の人にもちゃんとわかるかなって」

「ニシキにわかるのは、僕の恋人だからでは？　それは思いつかなかった？」

「……お、思いつかなかったかも」

ぼそっと答えると、ジェイクは我慢できなかったように噴き出した。やっぱり、自分は鈍かったようだ。それでも、恋人の楽しそうな笑い声は耳に甘い。ジェイクに受けたし、まあ、いいかと開き直る。

しかも、ジェイクはつかんだままの手にキスを繰り返し、くすぐったさに肩をすくめた仁志起を膝の上に抱き上げてくれた。よし、いいムードだぞ、と心の中でガッツポーズを決めると、ジェイクが苦笑気味に呟いた。

「……まいったな。このまま、ニシキをベッドに運びたい」

「いいよ?」

「でも、いろいろあった夜だし、本来なら我慢するべきじゃないかと」

「えっ?　やだよ!　オレ、ジェイクのベッドで寝るつもりってか、すっかりその気で、バスローブを借りてきたのに……」

そう言うと、ジェイクはまたもや噴き出した。

僕は誘惑されていたのか、それもバスローブで、とやたらと楽しそうに笑っているが、作戦は失敗したらしい。全力で誘っていたつもりなのに、伝わっていなかったと知るのは残念だ。恋愛って本当に難しい。

さりげなくいいムードになって、キスとか、それ以上も自然にやってしまうジェイクはやっぱりすごい。しかし、仁志起も頑張っているのだ。努力は認めてほしいと思いつつ、ジェイクの顔を両手で挟んで向かい合う。

「ねえ、ジェイク?　いろいろあったって、ダンのことだろ?」

そう訊くと、ジェイクが頷いた。心配してもらっているとわかるのは嬉しい。

でも、だからこそ、正直な気持ちを訴えることにした。

「だったら、怖い思いをしたんだし、気色悪いものも見せられただけに、きれいなものや好きなものを見て、リセットっていうか、ちゃんと口直ししたいよ」

「きれいなものや好きなもの?」

「決まってるじゃん。金髪とか青い目とか、めっちゃキスが上手な恋人だよ……つーか、今さらだけど、最初の晩、オレ、なんにもわかってなくって、レイプだのなんだの騒いでごめんね、ジェイク」

「いきなりの謝罪とは斬新な誘惑だ。だけど、どうして今さら?」

困惑気味なジェイクの首に両腕を回してしがみつき、その肩に顔を埋めながら仁志起は本音を漏らした。

「あのね、本気のレイプは空気が違ってた。めちゃくちゃ怖かった。でも、ジェイクとの最初の夜は単に痛くて、びっくりしただけで……酔っぱらってて、よく覚えてないけど、ちっとも怖いなんて思ってなかったよ」

そもそも身の危険を感じていなかったし、そのせいか、野性の勘や武道家の本能だって発動しなかったし、と苦笑しながら呟いていると、ぎゅっと抱きしめてくれたジェイクが仁志起の耳元で囁いた。

「……わかった。今夜はニシキの口直しに全面的に協力しよう」

そう言うと、ジェイクは仁志起を抱え直し、ソファから立ち上がった。

思わず、仁志起からもしがみついたが、たいして広くもない部屋の中なので、瞬く間にベッドに下ろされた。

キスの雨が顔中に降ってきて、優しい手のひらが身体のあちこちを探り、バスローブを剝ぎ取っていく。ジェイクの手は巧みだった。仁志起が夢中でキスに応えているうちに、生まれたままの姿にされてしまう。

だが、仁志起も及ばずながら手を貸し、ジェイクの眼鏡を外し、シャツを剝いだ。キスを交わしながら人のベルトを外すのは大変で、こんなことをいつだってスムーズにやっているジェイクを尊敬するしかないが、それでもどうにか外し、アンダーウェアまでジーンズと一緒に引き下ろす。

そこには、仁志起と同じように興奮している性器があった。

それが嬉しくて、ジィンと身体の奥が淫らに疼く。

自分でも現金だと思う。ダンのものを見た時は気持ちが悪いとしか思わなかったのに、ジェイクだったら嬉しいなんて——いや、嬉しいだけじゃない。仁志起まで固くなって、淫らな熱を帯びてしまうのだ。

現金というより、ただの正直だ。

むしろ、心と身体は直結していると実感する。

ジェイクは外されていた眼鏡を枕元に避難させると、ローションを手のひらに取って両脚の間を撫でるように探ってくる。

その優しい感触が心地よくて、手のひらの動きに集中してしまうと、不意打ちのように張りつめた性器の先端にキスをされ、大きく背筋がくねった。

「……ん、んんっ！」

自分とは思えないような鼻にかかった甘い声を漏らし、仁志起は全身が沸騰するような羞恥を覚えた。すると、仁志起の下腹に顔を伏せたジェイクは、そんな恥ずかしい声が漏れる場所ばかりに淫らなキスを繰り返す。

おかげで、熱を帯びた性器にも、たっぷりとキスをしてもらった。

同時に両脚の間に隠れた窄まりにもローションを塗り込まれ、指先が自由に抜き差しを繰り返すようになると、仁志起は自分からねだるように腰を揺すっていた。

「ジェ、ジェイク……もっ、もう、オレ」

そう喘ぐように訴えながら、仰け反った仁志起は顔を両腕で覆った。

どんなに我慢しても、恥ずかしい声が漏れてしまう。

しかも恥ずかしいのに、やたらと腰を浮かし、ジェイクに押しつけてしまうのだ。

じっくりと前後を愛撫されると、性器はカチカチに固くなって、窄まりもローションで濡れそぼっていく。

おそるおそる目を開けると、仰向けになったまま、膝を立てて開いた自分の両脚の間で揺れ動く金髪が見えた。なんとなく誘われるように手を伸ばし、汗に湿って乱れる金髪に触れると、ジェイクが顔を上げてくれた。

金色の前髪の下で、その整った顔は微笑んでいた。

しかも唾液で濡れた口唇はつややかだし、いつもよりも灰色がかった青い目は熱っぽく潤んでいて、ものすごくきれいだ。

そう思っただけで、なんだか全身が沸騰しそうになる。

「……ジェイク、もうやばい、オレ」

「もう少し我慢して？」

「む、無理っ！」

そう叫ぶように訴えながら両手を伸ばす。

抱っこして、とばかりにねだると、ジェイクも身体を起こして抱きしめてくれた。

ようやくジェイクが避妊具を手に取り、それをつけるのも手伝った。なにしろ、自分と同じようにそそり立つ性器に触れるだけでも嬉しくて、覆い被さるジェイクと向かい合って位置を合わせる。入ってくる時は一気だ。最初は異物感が大きい。でも次第に、馴染んで一体感が深まっていく。繋がった場所を確かめるように、そっと優しくなぞられた時には息を呑んだ。めちゃくちゃ気持ちよかったからだ。

気遣うように名前を呼ばれても、仁志起は返事もできずに身をくねらせた。

けれど、ジェイクには伝わったらしい。気持ちがよくてたまらないということが。

しかも抜き差しが始まると、ねだるように腰を浮かしてしまうせいで、どんどん枕元にずり上がってしまい、そのもどかしさもたまらない。

すると、上半身を起こしたジェイクが、仁志起の腰を両手でつかんで引き戻した。

そのまま、抱え上げられ、ベッドに座り込んだジェイクの腰を跨ぐような形になると、ひとつになったところに自重がかかって、いっそう一体感が増す。

「……はあっ、あああっ！」

思わず、甲高い声を放ってしまい、仁志起はあわてて手の甲で口を押さえた。

だが、ジェイクは手首をつかんで口元から外そうとする。

「ニシキの声が聞きたい」

「や、やだって！　恥ずかしいし、フランツに聞こえたらどうすんだよ！」

「だいじょうぶ。殿下のお達しで対策を講じてるはずだ」

同居人を気にして抗議しても、ジェイクは余裕の微笑みを返す。

「交際関係が華やかな殿下は、さまざまな経験を乗り越えた女性とも親しいから、今夜のニシキのような経験をした知り合いもいるらしい。だから今夜は何があっても、ニシキの望みを優先するべきだと言われた」

　さっきの電話はそんな内容だと知って、仁志起は鼻白む。

「……オレ、同情されてんの？」

「ちょっと違う。一般的に、二時間ほど意識障害や脱力状態になる薬物を盛られようと、前歯二本と肋骨三本をへし折る武道家に敬意を表してるんだ」

「敬意ィ？」

　少々不満そうな口唇をついばみ、ジェイクは微笑む。

「もちろん、それだけじゃない。ニシキの恋人になっても、こうしてケガひとつしてない自分の幸運にも感謝している。つまり、少なくとも僕は……自分の命をかけて、ニシキと愛し合っているということだよ」

　優しい愛撫のようなキスを繰り返しながら、甘ったるい吐息混じりに、なんだかすごい口説き文句を囁かれてしまい、仁志起は耳まで真っ赤に染まった顔だけでなく、身体中が熱くなってしまう。しかも隙間なく抱き合ったまま、身体を繋ぎ合っていることもあり、互いの反応は何も隠せない。

　そもそも、会話を楽しんでいられる状態でもないのだ。

　仁志起は焦れたように、ジェイクの肩に腕を回し、ぎゅっと強くしがみついた。

　すると、やはり言葉にしなくても、ちゃんと気持ちが伝わった。

　繰り返されるキスが、いっそう甘く、いっそう激しくなったからだ。

膝をすくい上げられると繋がりが深まって、けれど自分ではバランスが取れず、首元に回した両腕だけでは心許なくなって、ジェイクの腰に両脚を巻きつけると、一体感まで強まってしまい、もう声を我慢できなくなった。

そして、もっとも弱い耳朶に注ぎ込むように名前を呼ばれた瞬間——互いの下腹の間に挟まれていた仁志起自身はあっけなく達していた。

吐精の余韻に浸りながら、自分を追いかけるように達した恋人の絶頂も味わう。

それは自分が、あらためて達するような甘美な瞬間でもあった。

二人だけの濃密な時間を過ごし、とろけるように甘い歓喜を分かち合うことが何よりも嬉しくて、気持ちがよくて——たまらなく幸せで。

自分の生まれて初めての恋人は、本当に何をしても最強だと思い知った仁志起だった。

Epilogue

教室に大きな拍手が沸き起こった。

今日の昼休みは恒例行事のマイテイクで、その一人目が終わったところだ。

教卓の前に立つ彼に親しい友人たちが次々と駆け寄って、抱きしめてキスをするたびに拍手が大きくなる。教室にいるのは同じセクションの学生が中心だが、マイテイクを行う本人の家族やパートナー、仲がいい友人が加わることも多い。

だから今日も、昼食のホットドッグを口に押し込んで拍手をしている仁志起（にしき）の周囲にはヤスミンやリンダ、フランツ、シェイク・アーリィがいるし、他にもセルゲイやアンナ、サッカー・チームの仲間も並んでいる。彼らはセクションが違うが、次に始まる二人目を聴くためにやってきたのだ。

その二人目、ジェイクは今、一人目とバトンタッチをするように握手を交わした。

仕立てのいいシャツとジーンズで、姿勢よく立つ姿には気品が漂う。

表情や態度も自然体だし、いつもと何も変わらない。

あの夜――マイテイクをやってもらいたいんだ、と仁志起が頼んだ時には、ジェイクはよっぽど意外だったのか、目を丸くして驚いただけだった。

だが、その翌朝というよりも、昼近くに目覚めると、さりげなく耳朶に注ぎ込むように囁いてくれたのだ。

ニシキのアイディアに乗ってもいい、と。

もちろん、仁志起は大喜びだ。すぐさまスコットに連絡し、十四億ドルの男が推薦する英国貴族のマイテイクも楽しみだと快諾された。結局、セクションの委員長からすれば、みんなの興味を引く人物であれば、誰であってもいいのだ。

もともと、ジェイクはキャンパスの有名人であるデルタBの一人だし、ここしばらくはよくも悪くも注目されていたこともあって、教室は満員御礼だ。昼休みに行う自由参加のイベントとしては大盛況だろう。

ジェイクがおもむろに教壇に立つと、教室は自然と静まり返った。

「ごきげんよう、紳士淑女の諸君。ジェイク・ウォードだ」

みんなの注目を一身に浴びて、ジェイクは緊張することもなく、英国的な少々堅苦しい挨拶をしてから教壇のプロジェクターを操作する。

すると、正面にある大きなスクリーンに巨大な家系図が映し出された。

てっぺんから下に向かって、複雑に枝分かれしている由緒正しい家系図だ。

教室のあちこちから感嘆の溜息や口笛が聞こえる中、ジェイクは咳払いを繰り返すと、すっと腕を伸ばす。

「これは僕の地元でイギリス北東部のノーザンバーにある城、ノーザンバー・カースルの大広間に飾られたノーザンバー公爵家の家系図だ」

そして、スクリーンの最下層部を示しながら、ジェイクは続ける。

「ここに僕の名前がある……ジェイムズ・グレアム・スチュワート。これが生まれた時につけられた正式名で、儀礼称号はハーディントン伯爵」

そんな説明に教室はざわめく。

英国貴族や名門公爵家という言葉よりも、巨大な家系図のもっとも下段に目の前にいる彼の名前があるという事実は、生まれながらに背負うものを感じさせる。

プレゼンがうまいな、と仁志起が呟くと、フランツも頷いてくれた。しかし、リンダやヤスミンからはブーイングを食らった。ビジネスを学ぶ学生としては正しい着眼点だが、ロマンチックじゃないと女性陣には不評だ。

ジェイクはプロジェクターをさらに操作し、家系図の最上段を拡大する。

「我がノーザンバー公爵家の始まりは十四世紀だ……一代目のジェイムズ・ウォードは、イングランドとスコットランドの国境近くにある古い要塞を手に入れ、全面的に改修し、国境を守った功績が認められ、爵位を授かった」

最初は伯爵、のちに公爵となって、その要塞が現在のノーザンバー・カースルだという説明とともにスクリーンの画像も見覚えのある古城に変わった。

仁志起も冬期休暇に訪れたカントリーハウスというか、公爵家の城である。

さらに画像は城の周辺地図に変わって、十四世紀の改修から増改築を繰り返し、規模が変化していく様子を時間経過とともに示す。

拡大する一方だった公爵領も、二十世紀に入ると半分ほどに減る。

二度の世界大戦と世襲貴族にかけられた過酷な相続税に、大地主であったノーザンバー公爵家も無傷ではいられなかったのだ。

現在の公爵領の地図を示して、観光ガイド顔負けのジェイクの説明は続く。

「領地が半分になったのは、第七代ノーザンバー公爵……僕の曾祖父の時代だ。しかし、手放す際は調査を行い、計画的に売却したので、城周辺の景観や自然環境は今もほとんど変わっていない」

そんな説明とともに、スクリーンには十七世紀頃に描かれたという風景画と、まったく同じ構図の現在の写真が並んで映り、確かに大きな変化が見つからないことがわかると、歓声が上がる。

ジェイクの話によれば、手放した公爵家の不動産のほとんどは、自然公園や近隣地域の病院、学校などになっているという。

「この頃に行った売却では自然環境保護団体、さらに非営利や非政府の事業団体に多大な協力を受けたそうで、曾祖父は非常に感謝していたらしい。その話を祖父から聞き、僕はソーシャル・ビジネスに興味を持った」

おお、なるほど、といったざわめきが教室に広がる。

名門公爵家の後継者がMBA留学を志し、HBSに入った理由がわかったからだ。

それにしても、ジェイクの話を聞くと公爵家の財産を守るのは本当に大変だ。

ビジネススクールの学生だからこそ、莫大な資産を維持するために何が必要か、自然と考えてしまうからだ。そんな空気を感じ取ったのか、スクリーンに映る美しい城の景色を振り返りながらジェイクは言った。

「ちなみにノーザンバー公爵家は今、ノーザンバー・カースルを含めて四つの城と三つの邸宅を所有し、十万エーカーの森林を管理している」

十万エーカーとさりげなく言われ、数字に強い仁志起は無意識に計算した。ざっくりと換算すると、およそ四百平方キロメートル。東京ドームだと、約八千六百五十五個分だ。

八千六百五十五個！　だが、昔はその倍以上あったのだ。公爵家の領地は！

仁志起以外にも計算した学生がいたのか、溜息ともいえないような吐息が漏れる中で、ジェイクは苦笑気味に続ける。

「ちなみに我が家は毎年、草刈りに三十万ポンドかかる」

それを聞き、教室がどよめいた。

草刈りで三十万ポンド！　日本円だと四千万弱！

むしろ我が家と呼ぶな、といったレベルで規模が違うとよくわかる。

ジェイクが以前、公爵家の後継者であるだけで、一年に百三十五万ポンド、日本円だと約一億八千万がもらえると話していたことを思い出し、草刈りだけで四千万かかる家なら当然か、と納得する。いや、何が当然なのか、まるでわからないが。

ざわつく教室が静まるのを待ち、教卓にもたれかかったジェイクは腕を組む。

「ここまで聞いてもらって……もちろん、我がノーザンバー公爵家は一例に過ぎないが、世襲貴族が抱える問題もわかってもらえただろうか？　長い歴史があるが故に、肥大した財産は守るにも困難が伴う」

代々受け継いできたものを守りたくても、これだけの規模になれば個人の手に余る、と冷静に指摘し、ジェイクはさらに続ける。

「僕の父、第十代ノーザンバー公爵は、限嗣相続……世襲貴族の財産が分散しないように長男だけが相続する制度にも疑問を持っている。そもそも、父は次男だし、貴族の伝統や慣習には懐疑的なんだ」

まあ、変わり者でも知られているんだが、と肩をすくめると、教室の前方で手を挙げる女性がいた。質疑応答にはまだ早いが、ジェイクは鷹揚に頷くと、どうぞ、と促す。

「あなたのお父さまは、次男だから貴族の伝統や慣習に懐疑的なの？　それに、どうして長男とそれ以外に差をつけるのか、理由がわからないわ」

「僕も同感だ」

「同感とはどっちに？　お父さまが懐疑的な理由？　長男とそれ以外の差？」

「どちらもだ、理由はこれから説明する」

ジェイクは短く答えた。質問者は一列目に座るレナ・マルローだ。

そういえば、前回のマイテイクで、男性優位の封建的な家族の中で苦労した、と自分の半生を語っていたのが彼女だった。

言葉を探すように腕を組み直したジェイクは、しばらく考えてから口を開いた。

「父は公爵だが、地質学者でもあって、野外調査も数多く行っている」

僕もよく散歩に連れていかれ、珍しい地層や岩石を見つけると、誰かが探しに来るまで二人で調べたことも一度や二度ではない、とすまし顔で言い、仁志起は噴き出した。

冗談のように言っているが、これは本当だ。

仁志起が訪ねた時も、家族そろって散歩に行くと誰もまっすぐ歩かない。公爵は足元を観察し、公爵夫人は二人の娘と気ままに草花を眺めているし、末弟は小動物を見るたびに追いかける。ちなみにジェイクは仁志起のガイドに徹し、あれこれ説明を始めると誰かが口を挟み、大騒ぎになって楽しかったことを思い出す。

つい笑ってしまうと、ジェイクが気づき、わざとらしく咳払いを繰り返した。

「そんなわけで、僕の父は地層を調べるように世襲貴族を調査した。まあ、当時は突然、爵位を継ぎ、研究から離れていたので時間がいくらでもあったそうだ」

本人がそう言ったんだ、と肩をすくめる息子の発言に、クスクスと誰かが笑う。

けれど、笑い声が聞こえたのは、そこまでだった。

「父の調査によれば、世襲貴族の慣習は形骸化し、実情にそぐわないように思えることも多かったらしい。長い歴史の中で、時代に合わなくなったんだろう」

制定された頃には必要だったに違いない細則の数々にしても、まるで両手両足を縛って海に放り込むようなものに感じたと言っていた、というジェイクの言葉は重い。

それが公爵家の次男として育ち、後継者となるための教育も受けず、心構えもなかったジェイクの父親の実感なんだと思うと、いっそう重い。

教室にいる学生たちを見渡し、ジェイクはさらに続ける。

「父は僕に話してくれた……自分のような状況にあった者は自分が最初ではない。だが、自分を最後にしたいと思ったら何をすべきだろう？　代々受け継いだものを守るために、ただ前から後ろに渡すだけでいいのかと」

そもそも、一人の肩にすべてを預けるのはハイリスクだし、資産を分散させないという理由なら違うやり方もあるはずだ、といった話は世襲貴族の問題に限らない。ビジネスのイノベーションにも通じるし、含蓄が深いと気づいて誰もが話に聞き入ると、ジェイクはプロジェクターを操作し、スクリーンの画像を変えた。

新たに映ったのは、いわゆる企業の公式サイトにあるような組織図だった。

中心にあるのは、財団法人ノーザンバー・エステーツ。

そこから広がっているのは、ノーザンバー・カースルと周辺地域の不動産管理事務所、公爵家が所有する美術品の保管倉庫、公爵家専属の資産運用会社や弁護士事務所の他に、地元の名産だというアップルサイダーを製造販売をする醸造所もある。

教室には感嘆の声が上がった。ここはビジネススクールの学生ばかりなので、組織図を見るだけで、当代の公爵が行った改革を理解したようだ。

その反応を踏まえて、ジェイクは言った。

「かつての貴族は大地主であり、所有する領地の経済を握っていた。この企業グループはそれに立ち返って公爵家の資産を使って地元に雇用を作り、公爵家に依存しないやり方を模索している」

すると、また手を挙げた学生がいた。仁志起の斜め横にいたシェイク・アーリィだ。

ジェイクが頷きながら促すと、中東の皇太子はスクリーンを指さす。

「その組織図に著作権を管理する会社があるが、どんな業務を行ってるんだ？　公爵家の肖像権？　お城にマスコット・キャラクターでもいるのか？」

そんな疑問に笑いが漏れると、ジェイクはすまし顔で大真面目に答える。

「今はまだいないな。検討するように伝えておこう。その疑問に答える部分もあるので、こちらを見てもらいたい」

そう答えつつ、ジェイクがプロジェクターを操作すると、スクリーンには新たな映像があらわれた。誰もが見覚えのある有名俳優たちがノーザンバー・カースルにいる映像で、どれも世界的にヒットしたハリウッド映画の撮影風景だ。

教室のあちこちから、この映画、知ってるわ、わたしも観た、といった声が上がる中、ジェイクはスクリーンの前で続ける。

「ノーザンバー・カースルは歴史的建造物であり、後世に残すべき大切な財産でもある。だから、財産そのものに自らの維持費を稼いでもらうことにした」

つまり、公爵家所有の城や邸宅を映像作品の撮影に貸し、使用料を払ってもらうのだ。

夏期限定で一般公開中のノーザンバー・カースルも、撮影場所になることで国内外からの観光客増加を見込めるし、そういった広報や著作権を含めた業務全般を行う会社があり、このスクリーン映像もそこで制作した、とジェイクが説明すると、シェイク・アーリィも納得したように頷いた。

すると、最初に質問したレナがまた手を挙げる。

ジェイクが頷くと、彼女は意を決したように訊ねた。

「ぶっちゃけ、あなたのお父さまは突然、公爵になって地元に戻ったと記事で読んだわ。そのせいで、お母さまは仕事のキャリアを捨てるしかなかったって……お母さまは仕事に未練はなかったの？　迷わなかったの？」

そんな質問に仁志起の近くにいたリンダ、ヤスミンが身を乗り出した。

教室の中でも、女性の関心が高い話題なのか、あちこちで囁き合う声がする。

それを息子に訊くなよ、と仁志起は心の中で突っ込んだが、ジェイクはレナに近づき、にこやかに答えた。

「申し訳ない。僕はレナの読んだ記事を知らないし、母本人でもないので、その質問にはわからないと答えるしかない」

「……それなら、あなたの目には、お母さまは後悔しているように見えなかった？」

「息子の目は公平性を欠くんじゃないかな」

でも、とまだ食い下がろうとするレナを片手で制して、ジェイクは教卓の前に戻ると、プロジェクターを操作し、大きなスクリーンに新しい映像を出した。

それは美しく花が咲き誇り、緑があふれる見事な庭だった。

自然な植栽を生かし、丁寧に作り込まれた英国式庭園だ。

草花を紹介するように遊歩道を進む映像の中で、噴水の天使像に見覚えがあったので、思わず、仁志起は口を開いた。

「……レディ・アイリス・ガーデンだ」

「よく気づいたね、花の種類もわからないニシキが……もっとも、きみが来た時は冬で、庭には何も咲いていなかったが」

ジェイクが笑いながら突っ込んでくるので、仁志起も舌を出して言い返す。

「ちゃんと覚えてるよ！　レディ・アイリスにどこに何を植えて、どんなふうに咲くか、教えてもらったから、花が咲く季節に来たいって思ったし！　確かに、オレは花の種類はちっとも見分けられないけど！」

そんな返事に、あちこちから笑いが漏れる。

すると、一列目に座るレナが振り返って、こちらを見ていることに気づいて、仁志起は彼女に教えるように言った。

「レディ・アイリス・ガーデンって、ノーザンバー・カースルに隣接した英国式庭園で、ジェイクのお母さんがすべて設計したんだ。この写真の噴水がある庭園の奥には、四つに分かれている青い花ばかりを植えた庭もあって……」

そこまで言ってから、自分の話を教室中が聞いていることに気づいた。

自分が話していてもいいものか、ちょっと迷ったが、教卓にもたれかかったジェイクは腕を組んで、にこやかに笑っている。止める様子もないならいいのだろうか、と仁志起は意を決して続けた。

「ジェイクのお母さんが言うには、そこに植えた青い花はどれも子供たちの青い目の色に合わせて選んだんだって……一番上のエマはターコイズ・ブルーで、二番目のジェイクはセルリアン・ブルー、三番目のイヴリンはペール・ブルー、さらに末っ子のジェイミーはアズライトって」

毎年きれいに咲いてくれるか、ドキドキするんだって教えてくれた、と話すと、近くに座るリンダが、ステキな庭ね、とうっとりと呟く。

すると、ジェイクが口を開いた。

「レナが抱いた疑問に、息子である僕からは何も答えられない……ただ、その代わりに、ノーザンバー・カースルに来てからの母の仕事を見てもらいたい。母はおそらく、仕事を捨てたことなど一度もなかったと思うので」

そう言いつつ、ジェイクはスクリーンを示す。

そこには四季折々の花が咲くレディ・アイリス・ガーデンが映っていた。

花の向こうにはノーザンバー・カースルも見える。

広報用に編集した映像なのか、開園式では公爵夫妻とともに英国や欧州の王族が並び、テープ・カットを行っていた。自分の名前を冠した庭園の完成に、公爵夫人の幸せそうな笑顔は輝いている。彼女が妻や母としても——さらに、庭師としても頑張ってきたのだと伝わってくる笑顔だった。

そして、青い花が咲き乱れる庭園を散策する公爵夫妻と四人の子供たちの映像になり、教室がどよめく。少し古い映像のようで末弟が幼く、彼と手を繋(つな)ぐ姉妹も十代の少女だ。ジェイクも今よりも若い。というか、とんでもない美少年だ！

なるほど、この絵に描いたような美少年が成長し、金髪碧眼(へきがん)のイケメンになるわけだと納得するしかない映像証拠だった。

当の本人は慣れているのか、教室の反応にも肩をすくめるだけだ。

ただ、照れたり、恥ずかしがるような様子はない。これが自分であり、自分の家族だと胸を張っているようでもあるし、ここまでの話からも自分の家族——いや、名門公爵家に生まれ育ち、それを受け継ぐ者としての誇りを感じる。

（……ヤバい。惚(ほ)れ直したかも）

そう独りごち、頬杖(ほおづえ)をついた仁志起は赤くなった顔を隠した。

生まれて初めての恋人は、知れば知るほど、どんどん好きになってしまう。

自らのバックグラウンドであるノーザンバー公爵家について語る声にも、強い気持ちが感じられて、仁志起の胸は熱くなった。自分の生まれた土地や家族を大切にできる彼は、恋人だって大切にするはずだ——いや、大切にしてもらっている。そう断言できる。

スクリーンに流れていた広報用の映像が終わって、ジェイクはプロジェクターの電源を切ると、あらためて言った。

「……以上。これが僕のマイテイクだ。ご静聴ありがとう」

教室は大きな拍手に包まれた。

前方にいる学生から次々と握手を求められ、ジェイクも笑顔で応じていると、近づいたレナも手を差し出した。

「ごめんなさい、失礼な質問ばかりしてしまって……あたし、ノーザンバー・カースルに行ってみたくなったわ。レディ・アイリス・ガーデンを見てみたい」

歓迎するよ、と微笑んだジェイクは握手を交わし、さらに彼女とハグをした。

すると、そこにクマ男セルゲイやセクシーな美女のアンナ、サッカー・チームの仲間が怒濤のように押し寄せてきて、ジェイクはもみくちゃにされている。

そんな様子を座ったままの仁志起が微笑ましく眺めていると、立ち上がったヤスミンとリンダから声をかけられた。

「さあ、ニシキも行きましょうか」

「……え？　オレは別に」

「何を言ってるの、ニシキ！　ここでジェイクの元に行って、熱いキスとハグをしないでどうするのよ！」

シャイな日本男子である仁志起が真っ赤になって戸惑っていても、アマゾネスの二人は左右の腕をつかんで、教壇まで問答無用に引きずっていく。

すでに、シェイク・アーリィとフランツが近づき、ジェイクと固い握手や熱烈なハグを交わしていた。おお、デルタBがそろうとまぶしいな、と眺めてしまうと、リンダが手を伸ばし、ジェイクに抱きついて、その両頰にキスを繰り返した。

「ジェイク坊や、素晴らしかったわ！」

「ありがとう、マザー・リンダに褒められるなんて感激だ」

「わたしも感動したわ、ジェイク！　ちょっと泣きそうになっちゃった！」

ふざけながら抱き合う二人に、ヤスミンまで抱きつく。

それを少々引き気味に見ていると、ジェイクが仁志起に向かってウインクをした。

「今日は緊張したよ。なにしろ、十四億ドルの男の推薦だから」

「マジで？　どこが緊張？」

仁志起が本気で首を傾げると、アマゾネスたちから解放されたジェイクが微笑みながら近づいてくる。

「ニシキに伝わらないとは本当に残念だ……それで、どうだった？　僕のマイテイクは、十四億ドルの男の期待に応えられただろうか？」

すまし顔で訊かれ、ふざけているとわかったが、仁志起はしばし悩んでから、それでも自分を奮い立たせて両手を伸ばす。こんなに大勢の人がいるようなところで、正面切って恋人に抱きつくなんて生まれて初めてだ。

それでも、意を決して胸元に飛び込むように抱きつき、ジェイクだけに聞こえるように声をひそめながら囁く。

「期待以上だ……惚れ直したよ、ジェイク」

すると、しっかりと抱きとめてくれた腕にも力がこもる。

めちゃくちゃ嬉(うれ)しくて、たまらなく幸せな気分になっていると、ジェイクの手のひらに首筋をつかまれた。上を向くように促され、素直に従うと、口唇(くちびる)が重なってくる。それはキスだった——それも、とびきりに甘いキスだ。

こんな場所で、しかも教室なのに、と思うのに嬉しくなってしまう。

なにしろ、仁志起は恋人のキスが大好きなのだ。

思わず、ヘタクソながらも必死になって応えてしまうと、さらにキスは深く、どんどん甘くなっていく。

リンダとヤスミンが呆(あき)れながら、キスを交わす二人を隠すように立ってくれるが、もう誰に見られてもかまわなかった。アマゾネスの盾にフランツまで巻き込まれ、笑い上戸のシェイク・アーリィが爆笑し、周囲からは冷やかすような口笛や拍手が聞こえてきても、キスを止められない。

ひょんなことからＭＢＡ留学を志し、このハーバード・ビジネススクールに入りたいと思った時、こんな未来が自分に待っているとは夢にも思わなかった。

それでも、キャンパスがあるボストンにやってきて、素晴らしい仲間とも出会えたし、生まれて初めての恋人もできたし、自分がやりたいと思える仕事も見つけられて、本当に運がよかったと思う。

どれもみな、ここでなければ——HBSでなければ、見つけられなかった。

だから仁志起はMBA留学を考えていると言われたら、HBSは最高だと自信を持って勧められる。もちろん、勉強は大変だし、留学生活には苦労が多い。それでも、やっぱり他では得られないものが手に入る場所なのだ。

いい加減にしなさいよ、二人とも、とリンダに突っ込まれ、名残(なごり)を惜しみながらキスを切り上げると、ジェイクが笑っているので、仁志起まで笑ってしまった。

なんというか、もう大声で叫びたい気分だった。

そう、世界中に教えたい。

恋をするなら、ハーバードだと！

THE HAPPY END

あとがき

どもども！　ごぶさたしてます、小塚佳哉（こづかかや）です。

未来のビジネス・エリートを目指し、名門ハーバードで頑張る日本人留学生のドタバタ学園ラブコメディ（?）、ついに第三弾！　これにて終了です！

ラストは、二年目に入ったキャンパス・ライフというか、生まれて初めて恋人ができた仁志起（にしき）のラブラブ・デイズを……と思っていたんですが、当の主人公が奥手というより、初心（うぶ）というか、恋愛経験値が低すぎるおかげで、ちっとも色っぽい展開にならず、いつも真っ赤になって沸騰しそうになってますが、これもまた彼らしいかと（笑）

というか、学校生活の小ネタがたくさんあって……いや、むしろ、ありすぎて！

あっちこっちに番外編のショートストーリーを書くことになっても、ネタに困ることがまったくないというか、いくらでも出てくるし、書き過ぎてしまってちっとも短くないと困ることも多かったので、仁志起たちを書くのは本当に楽しかったです。

あ、それから仁志起の同期生でシェアメイトでもあるフランツの親日家ぶりは、何度も作中で語ってきましたが、その理由を知りたい方には、この本と同時発売の『3泊4日の恋人』をお勧めしておきます！

そちらは、フランツがＨＢＳ卒業後に日本を訪れる話となります。

さらに、こっそり（いや、ちゃっかり？）仁志起も特別出演しております（笑）

あと、最後なので余談というか、オマケというか、この「ハーバードで恋をしよう」を執筆するために読んだ資料の中から特に印象に残った本、大いに活用させてもらった本をご紹介しようと思います。

『キヨミの挑戦　ハーバード・ビジネス・スクール奮闘記』斎藤聖美（早川書房）
『ハーバードＭＢＡ留学記　資本主義の士官学校にて』岩瀬大輔（日経ＢＰ社）
『ハーバードビジネススクール　不幸な人間の製造工場』フィリップ・デルヴス・ブロートン（日経ＢＰ社）
『ハーバード流宴会術』児玉教仁（大和書房）
『ハーバードでいちばん人気の国・日本』佐藤智恵（ＰＨＰ研究所）
『世界のエリートの「失敗力」』佐藤智恵（ＰＨＰ研究所）

『ハーバードはなぜ日本の東北で学ぶのか――世界トップのビジネススクールが伝えたいビジネスの本質』山崎繭加・著　竹内弘高・監修（ダイヤモンド社）
『ハーバードからの贈り物』デイジー・ウェイドマン（ダイヤモンド社）
『築地』テオドル・ベスター（木楽舎）
『なぜオックスフォードが世界一の大学なのか』コリン・ジョイス（三賢社）
『マインド・ザ・ギャップ！　日本とイギリスの〈すきま〉』コリン・ジョイス（ＮＨＫ出版）
『ブルー・セーター――引き裂かれた世界をつなぐ起業家たちの物語』ジャクリーン・ノヴォグラッツ（英治出版）
『国をつくるという仕事』西水美恵子（英治出版）

以上、順不同。

他にも、いろいろ取材と称し、ほとんど趣味といっていいような資料を集めて、大変に楽しく読みまくりました。もちろん、本だけでなく、ブログやＳＮＳも！

学び、気づき、それから（あえて、この言葉を選びますが）大いなる萌えをいただき、本当にありがとうございました！

そんなわけで、最後になりましたが、この作品に関わってくださった、すべての方々にあらためてお礼を申し上げたいと思います。

イラストの沖麻実也先生、最後まで本当にありがとうございます。

ゴージャス&リッチなデルタB、実に眼福でした！

それから、諸般の事情によって宙に浮いていた書きかけの原稿を拾ってくださった初代担当さまと急遽、代打でバトンタッチしてくださった担当さま・その2！

お二方とも、お世話になりました。深々お辞儀。

そして、もちろん読んでくださった方々にも心からの感謝を！

浮き世の憂さを忘れ、ほんのひとときでも楽しんでいただけたら幸いです。

小塚佳哉

『ハーバードで恋をしよう　テイク・マイラブ』、いかがでしたか？

小塚佳哉先生、イラストの沖麻実也先生への、みなさまのお便りをお待ちしております。

小塚佳哉先生のファンレターのあて先
〒112－8001　東京都文京区音羽2－12－21　講談社　文芸第三出版部「小塚佳哉先生」係
沖麻実也先生のファンレターのあて先
〒112－8001　東京都文京区音羽2－12－21　講談社　文芸第三出版部「沖麻実也先生」係

N.D.C.913　252p　15cm

小塚佳哉（こづか・かや）
東京下町在住。
乙女座Ａ型。
金髪の美形が大好物です。
Twitter: @caya_cozuca

講談社X文庫

ハーバードで恋をしよう　テイク・マイラブ
小塚佳哉
●
2020年2月3日　第1刷発行

定価はカバーに表示してあります。
発行者――渡瀬昌彦
発行所――株式会社　講談社
東京都文京区音羽2-12-21 〒112-8001
電話　編集　03-5395-3507
販売　03-5395-5817
業務　03-5395-3615
本文印刷－豊国印刷株式会社
製本――株式会社国宝社
カバー印刷－半七写真印刷工業株式会社
本文データ制作－講談社デジタル製作
デザイン－山口　馨

ISBN978-4-06-517976-5